David Foenkinos

シャルロッテ

ダヴィド・フェンキノス　岩坂悦子［訳］

白水社
ExLIBRIS

シャルロッテ

生きている間は人生に決着をつけることをしない人間は、片手を使って自分の運命にふりかかる絶望を少しばかり防いでいる。

カフカ『日記』一九二一年十月十九日

この小説はシャルロッテ・ザロモンの人生から着想を得ています。
彼女はドイツの画家で、妊娠中に二十六歳の若さで殺されました。
主な資料は彼女の自伝的作品《人生？　それとも舞台？》を使用しています。

装　丁
緒方修一

装　画
Charlotte Salomon

第一部

1

シャルロッテが自分の名前の読み方を覚えたのは、ある墓石の上でのことだ。

つまり、彼女が最初のシャルロッテではなかった。

その前に叔母がいた、母の妹の。

ふたりの姉妹はいつも一緒だった、一九一三年十一月のある夜までは。

フランツィスカとシャルロッテはともに歌い、踊り、ともに笑った。

けれど、はしゃぎすぎることはなかった。

幸せの味わい方には慎みがあった。

たぶん父親の性格に起因しているのだろう。

厳格な知識人、美術と骨董の愛好家。

なんであれ、古代ローマの塵以上にこの父親の興味を引くものはない。

母親のほうが優しい。

といっても憂いと隣り合わせの優しさだ。

彼女の人生は悲劇の連続だった。

それについてはのちに触れることになるだろう。


いまはシャルロッテの話をしよう。

ひとりめのシャルロッテ。

長い黒髪の彼女は、その期待どおり美しい。

すべては緩慢から始まる。

徐々に、彼女のなにもかもがゆっくりになっていく——食べること、歩くこと、読むこと。

彼女のなかのなにかが速度を緩める。

きっと、体内に浸透するメランコリーのせいだろう。

後戻りのできない、破滅へと続く類のメランコリー。

幸福は、過去に浮かぶ近づくことのできない孤島となる。

誰もシャルロッテにあらわれた緩慢さに気づかない。

それほどひそかに進行している。

ふたりの姉妹は比べられる。

ひとりがもうひとりよりにこやかなだけよ。

もうひとりはせいぜい、たびたび少しばかり長い白昼夢に耽っていると言われるくらい。

しかし、夜が彼女を奪っていく。

そしてあの夜、最後の夜が彼女を待ち受けていた。

それは十一月のとても寒い夜のことだ。
皆が寝静まるなか、シャルロッテは起き出す。
旅に出るかのように、身のまわりの品々を持っていく。
街は早い冬の訪れに固まり、動きを止めているようだ。
シャルロッテは十八歳になったばかり。
目的地に向かって足早に歩く。
橋だ。
大好きな橋。
彼女の闇の秘密の場所。
それが最後の橋になるということを、ずっと前から知っていた。
闇夜のなか、誰にも見られることなく、彼女は跳ぶ。
なんのためらいもなく。
凍てつく水のなかに落ち、彼女の死は試練となる。

河岸に打ち上げられた彼女の遺体が、夜明けに発見される。
ところどころ真っ青になっている。
両親と姉はその知らせによって起こされる。

父親は黙りこんで立ちすくむ。
姉は涙を流す。
母親は苦痛に泣き叫ぶ。

翌日、新聞各紙がこの若い娘のことを取り上げる。
なんの説明もなく、自ら命を絶った娘。
おそらくそれこそが、究極のスキャンダルなのだろう。
暴力に重ねられた暴力。
どうして?
姉はこの自殺を、ふたりの絆に対する侮辱と受け止める。
とかく責任を感じる。
あの緩慢さがなにも見えていなかったし、わかっていなかったのだ。
彼女は胸に罪悪感を抱えたまま、前に進む。

2

両親と姉は埋葬に立ち会わない。
打ちひしがれて、自宅に閉じこもる。

おそらく少し恥じているせいもあるのだろう。
人目を避けているのだ。

そうして数か月が過ぎる。
世の中に参加できないまま。
長い沈黙の期間。
なにかを話せば、シャルロッテのことに触れてしまいそうになる。
言葉ひとつひとつの背後に彼女が隠れている。
沈黙だけが生きている者たちの歩みを支えている。
フランツィスカがピアノの上に指を置くまでは。
彼女は一曲演奏し、優しく歌う。
両親がそばにやってくる。
この生の表明に驚いて。

国は戦争に突入するが、これでいいのかもしれない。
彼らの苦しみには、混沌がちょうどいい目くらましになる。
初めて戦争が世界規模となる。
サラエボがかつての帝国に崩壊をもたらす。
何百万人もの人びとが死に急ぐ。

地中に掘られた長いトンネルのなかで未来を奪い合う。
そこで、フランツィスカは看護婦になろうと心に決める。
負傷者の手当てをしたり、病人を治したり、死者を蘇生させたりしたいと思う。
そしてもちろん、自分が役に立つ人間だという実感がほしいのだ。
彼女は自分が役に立てなかったという思いを抱えて日々生きている。
母親はフランツィスカの決心を聞いて恐ろしくなる。
ふたりの間に緊張が生まれ、口論が起こる。
戦争中のもうひとつの戦争。
埒が明かず、フランツィスカは志願する。
そして危険地域の近くに配属される。
彼女を勇敢だと思う者たちもいる。
彼女はただ、もはや死など恐れていないだけなのだ。

戦闘のさなか、フランツィスカはアルベルト・ザロモンに出会う。
最年少の外科医のひとりだ。
背がとても高く、とても集中力のある人。
じっとしているときでさえ急いでいるように見えるタイプの人。
アルベルトは野戦病院を運営している。
フランスの前線で。

両親はすでに亡くなり、医者という職業が彼にとって家族の代わりだ。
仕事に取り憑かれ、自分の任務以外のことには脇目もふらない。
女性にもほとんど関心を示さない。
新しく入ってきた看護婦にかろうじて気づく程度。
それでもフランツィスカはアルベルトに絶えず微笑みかける。
幸いにも、ある出来事がその流れを変える。
手術中、アルベルトがくしゃみをする。
鼻水が出てきて、洟をかまなければならない。
しかし、彼の手は兵士の腸の処置でふさがっている。
そこでフランツィスカはハンカチを差し出す。
その瞬間、アルベルトはようやくフランツィスカを見る。

一年後、アルベルトは勇気を奮い起こす。
外科医のその手で。
そしてフランツィスカの両親に挨拶をしに行く。
両親の応対があまりに冷たいので、気後れしてしまう。
それで、なぜここにいらしたんですか？
あの……お嬢さんとけっ、結婚させて……ください……
え、なんですって？　と父親は不満げに言う。

こんなのっぽを婿にしたくないのだ。
グリュンヴァルト家の一員と結婚しようなど、身の程知らずもいいところだ。
しかしフランツィスカは粘る。
とっても愛してるの、と言う。
それが確かとは言いがたい。
だが彼女は移り気なタイプではない。
シャルロッテが亡くなって以来、人生は必要不可欠なものに切りつめられた。

結局、両親は折れる。
無理して、少しだけ喜ぶことにする。
また笑顔を取り戻すために。
花まで買う。
もう長いこと、居間には彩りがなかった。
色とりどりの花びらによる一種の再生。
もっとも、結婚式では、まるで葬式であるかのような表情を浮かべる。

3

結婚当初から、フランツィスカはひとり取り残される。
これで「結婚生活」なんて言えるの？
アルベルトは前線に戻った。
戦争は泥沼化し、永遠に続くように思われる。
塹壕での殺戮。
夫が死なないでくれればいいのだけれど。
未亡人にはなりたくない。
いまだってもう……
そういえば、妹を亡くした人のことはなんて言うの？
そんな言葉は存在しない、なんとも言わないのだ。
辞書はときどき無言になる。
辞書自身も苦痛を恐れているかのようだ。

新妻のフランツィスカは広いアパートのなかをうろうろする。
シャルロッテンブルク区にある、ブルジョワ風の建物の二階を。
シャルロッテの町。

新居はサヴィニー広場の近く、ヴィーラント通り十五番地にある。
私はよくこの通りを散歩した。
シャルロッテのことを知る前から、この地区が好きだった。
二〇〇四年、ある小説の題名を『サヴィニー広場』にしようと思った。
不思議とこの名前が私のなかで響いた。
なぜだかわからないが、なにかが私を惹きつけた。

アパート内には長い廊下がある。
フランツィスカはよくそこに座りこんで本を読む。
そこにいると、家のなかの前線にいるような気がするのだ。
今日は、すぐに本を閉じてしまう。
めまいがして、洗面所に駆けこむ。
そして顔に少し水をかける。
彼女は数秒で理解する。

怪我人を治療している最中、アルベルトは一通の手紙を受け取る。
顔色が真っ青になるのを見て、看護婦が心配する。
妻が妊娠したんだ、とようやく彼はため息まじりに言う。
それからの数か月、アルベルトは極力ベルリンに帰るようにする。

しかし大半の時間は、フランツィスカは大きなお腹でひとり過ごす。
廊下を行ったり来たりしながら、早くもお腹の子に話しかける。
この孤独に終止符を打ちたくて必死なのだ。
一九一七年四月十六日、彼女は出産する。
ヒロインの誕生だ。
しかし同時に、まったく泣き止まない赤ん坊の誕生でもある。
自分の誕生を受け入れていないかのように。

フランツィスカは妹の名前をとって、娘をシャルロッテと名づけたがる。
アルベルトは亡くなった女性の名前をつけることを拒む。
しかも自殺した人の。
フランツィスカはひどいと言って、泣いて怒る。
こうすれば妹のシャルロッテをふたたび生かすことができると思うのだ。
頼むよ、無茶を言わないでくれ、とアルベルトはくりかえす。
無駄だ、妻がまともではないことを彼は知っている。
そこが好きなところでもあるのだ、彼女の穏やかな狂気が。
こんなふうに、彼女は同じひとりの女性でいるということがない。
自由奔放になったり従順になったり、興奮したり明るくなったりする。
アルベルトは言い争っても仕方がないと思う。

だいたい、戦争中だというのにこれ以上争いたいと思うだろうか?
それなら、シャルロッテにしよう。

4

シャルロッテの最初の記憶はなんだろう?
匂い、それとも色?
たぶん、音だろう。
母親が歌うメロディー。
フランツィスカは天使の歌声でピアノの弾き語りをする。
幼い頃から、それがシャルロッテの子守唄だ。
少し大きくなると、楽譜をめくるようになる。
そうやって最初の数年は、音楽のなかで過ぎていく。

フランツィスカは娘と一緒に散歩をするのが好きだ。
娘を連れて、ベルリンの中心部にある広大な公園、ティーアガルテンまで行く。
いまだに敗戦の空気がただよう街中で、安らぎを感じられる小島。
幼いシャルロッテは、負傷していたり手足をなくしていたりする人たちを観察する。

ほうぼうから伸びてくる手に恐怖を覚える。

おびただしい数の乞食。

シャルロッテは目を伏せて、崩れた顔を見ないようにする。

林に入ってからやっと頭を上げる。

そこだと、走ってリスを追いかけていられる。


そのあとは、墓地に行かなければならない。

決して忘れないために。

シャルロッテは早くから、亡くなった人たちも人生の一部を成していることを理解する。

彼女は母親の涙に触れる。

母親は妹がいなくなった日と同じように涙を流す。

消え去ることのない痛みもある。

墓石にシャルロッテは自分の名前を読む。

なにがあったのか知りたくなる。

あなたの叔母さんは溺れ死んだのよ。

泳げなかったの？

事故だったの。

フランツィスカはすぐに話題を変える。

そんなふうにして初めて真実に手が加えられる。

芝居の始まり。

アルベルトは墓地への散歩に反対する。
なぜきみはそんなにしょっちゅうシャルロッテをそこに連れていくんだ？
その惹きつけられ方は病的だ。
もう少し行く頻度を減らして、シャルロッテはもう連れていかないでくれと彼は頼む。
でもどうやって確かめよう？
家にいたためしがないのに。
彼は仕事のことしか頭にない、とフランツィスカの両親は言う。
アルベルトはドイツで一番の医者になりたいと思っている。
だから病院にいないときは、ずっと研究に打ちこんでいる。

働きすぎの男を信用してはならない。
なにから逃れようとしているのだろうか？
恐怖、あるいは単なる虫の知らせ。
妻の振る舞いはますます不安定になってくる。
アルベルトはときおり、妻がうわの空だと感じる。
まるで自分自身から休暇を取っているかのようだ。
彼は、妻が物思いにふけっているのだろうと自分に言い聞かせる。

他人に違和感を抱いても、往々にして人は好ましい理由を見つけようとしてしまうものだ。

ついに、心配するに足る出来事が起こる。

何日もの間、フランツィスカは日がな一日ベッドで横になったままでいる。

シャルロッテを学校まで迎えにも行かない。


その後、急に、フランツィスカはまた正気に戻る。

突如として無気力な状態から抜け出す。

そしていきなり、シャルロッテを至るところへ連れ回しはじめる。

街、公園、動物園、それから美術館。

散歩をし、読書をし、ピアノを弾き、歌い、なにもかも教えなければならない。

元気なとき、フランツィスカはパーティーを開くのが好きだ。

人に会いたいと思う。

夜の集まりはアルベルトも好きだ。

息抜きになる。

フランツィスカはピアノに向かう。

彼女の唇が動くさまはじつに美しい。

音と語り合っているかのようだ。

シャルロッテにとって、母親の声は愛撫となる。

こんなにも歌が上手な母親がいれば、安泰だ。

お人形さんのように、シャルロッテは居間のまんなかに突っ立っている。
満面の笑みで招待客たちを迎える。
あごが疲れてくるまで母親と一緒に練習しておいた笑み。
どういう理屈なのだろう?
母親は何週間も閉じこもる。
その後、突然、また社交の鬼に取り憑かれる。
シャルロッテは母親のこの変化を面白がる。
ただ無気力になられるのだけはいやだ。
虚ろになるよりは過剰なほうがいい。
いまは、また虚ろの番だ。
ついこの前抜け出したばかりなのに。
そしてふたたび、フランツィスカは虚無に疲れてベッドに横たわる。
部屋の奥で、どこか別の世界をぼうっと見つめながら。

母親の支離滅裂さに対して、シャルロッテは従順だ。
母親のメランコリーともうまく付き合う。
こうやって人は芸術家になるのだろうか。
周囲の狂気に慣れることで。

5

母親の症状が悪化するとき、シャルロッテは八歳だ。

鬱状態がずっと続く。

フランツィスカはもはやなににも意欲が湧かなくなり、自分が無用の存在だと感じる。

アルベルトは妻に懇願する。

しかし、ふたりのベッドにはすでに闇が居座っている。

きみが必要なんだ、と言う。

シャルロッテもきみが必要なんだ、とも言う。

フランツィスカは、とりあえずその夜は眠りにつく。


だがまた起き上がる。

アルベルトは目を開けて、妻を目で追う。

フランツィスカは窓に近づく。

空を見たいだけよ、と言って夫を安心させる。

彼女はシャルロッテに、空ではすべてがここよりも美しいのよ、とよく話す。

そしてこうも言う――ママがお空に行ったら、あなたに手紙を書いて教えてあげるわ、と。

あの世のことが頭から離れなくなる。
ママに天使になってほしいと思わない？
そうなったらすごいわよね？
シャルロッテはなにも言わない。

天使。
フランツィスカは天使をひとり知っている——妹だ。
妹にはけりをつける勇気があった。
静かに、誰にも知らせずに人生から立ち去る勇気が。
完璧な暴力。
十八歳の娘の死。
約束の死。
フランツィスカは、残酷さには序列があると信じている。
子を持つ母親の自殺は、自殺のなかでも最上級だ。
家族の悲劇のなかで、フランツィスカは一位になれる。
彼女の奪う地位が最上位だということに、誰が異議を唱えるだろう？

ある夜、フランツィスカはそっと起き上がる。
息も漏らさずに。

このときばかりは、アルベルトも気づかない。
彼女は浴室へ行く。
阿片の小瓶をつかんで、中身をすべて飲みこむ。
彼女のあえぎ声で、ついに夫が目を覚ます。
アルベルトは駆けつけるが、扉には鍵がかかっている。
フランツィスカは開けようとしない。
喉が焼けつき、痛みに耐えられなくなる。
しかし、彼女は死なない。
それに夫のパニックが彼女の旅立ちを台無しにする。

シャルロッテにも聞こえているだろうか？
目を覚ますだろうか？
アルベルトはようやく扉を開ける。
妻を生へと連れ戻す。
服用量が足りなかったのだ。
だがいまや彼は知っている。
死はもう幻影ではない。

6

目を覚ますと、シャルロッテは母親を探しに行く。
ママは夜中に病気になっちゃったんだ。
いまはそっとしておいてあげようね。
シャルロッテは初めて母親の顔を見ずに学校へ行く。
行ってきます、のキスもせずに。

実家にいるほうがフランツィスカは安全だろう。
アルベルトはこう考える。
ひとりでいると、自殺しようとするだろう。
もう正気に戻すのは不可能だ。
フランツィスカは娘時代の部屋に戻る。
彼女が育った場所。
妹と一緒に幸せな日々を過ごした場所。
両親に囲まれて、フランツィスカは少し力を取り戻す。
彼女の母親は動揺を隠そうとする。
そんなことは可能なのだろうか？

ひとりめに続いて、ふたりめの娘も自殺しようとしている。
猶予の望みはない。
あらゆる場所に助けを求める。
家族ぐるみの友人の神経科医に来てもらう。
ちょっとした一過性の発作に襲われただけでしょう、とその医者は言って安心させる。
気持ちが昂りすぎてしまったのと、感受性が強いのでしょうが、それだけですよ。

シャルロッテは心配する。
ママはどこ?
病気なんだよ。
インフルエンザに罹ってしまったんだ。
人にうつりやすいからね。
だからいまは会わないほうがいい。
すぐ戻ってくるよ、とアルベルトは約束する。
あまり確信はもてないが。
彼は妻に対して怒りを覚える。
とりわけ不安げなシャルロッテを目の前にするときには。
それでも、アルベルトは毎晩フランツィスカの様子を見に行く。

義理の両親は彼を冷たくあしらう。

彼らはアルベルトに責任があると思っている。

仕事ばかりでちっとも家にいないからだ。

自殺未遂は明らかに絶望してやったことだ。

おそろしい孤独感に苛まれて及んだ行為。

彼らは誰かを責めずにはいられない。

じゃあもうひとりの娘は、あれも私のせいだったと言うんですか？　とアルベルトは叫びたい。

だが彼は黙っている。

彼らの言うことに耳を貸さずに、ベッドの横に座る。

ようやく妻とふたりきりになって、いくつか思い出話をする。

いつもこんなふうに思い出にひたって終わる。

すべてうまくいくような気がするのだ。

フランツィスカは夫の手をとり、微笑みかける。

平穏、そして愛情さえ感じる瞬間。

暗い欲求のなかに射す小さな生命の光。


病気のフランツィスカの世話のため、ひとりの看護婦が雇われる。

正式な世話人。

目的はもちろん、フランツィスカの見張り役をしてもらうこと。

この他人による監視のもと、日々が過ぎる。
フランツィスカが娘の様子を訊ねることはない。
もうシャルロッテは存在していない。
アルベルトが娘の描いた絵を持ってきても、顔をそむける。

7

グリュンヴァルト家の人びとは、広い食堂で夕食をとっている。
看護婦が部屋を横切り、少しの間、彼らのそばに座る。
突然、母親はある光景に恐れおののく。
部屋にひとりでいたフランツィスカが、窓に近寄っていく。
母親は看護婦をにらみつける。
そしてすぐさま立ち上がり、娘のもとへ走り出す。
扉を開けると、ちょうど体が落ちていくところが目に入る。
力のかぎり叫ぶが、もう遅い。
鈍い音がする。
母親は震えながら、前に踏み出す。
フランツィスカは自分の血の海のなかに横たわっている。

第二部

1

母親の死を知らされて、シャルロッテは押し黙る。
インフルエンザが急に悪化して、ママは死んでしまったんだ。
シャルロッテは「インフルエンザ」という言葉について考える。
たった一語で片づけられてしまった。
数年後、シャルロッテは真実を知ることになる。
全体的に混沌とした空気のなかで。

いまはただ父親を励ます。
大丈夫よ、とシャルロッテは言う。
前からママはわたしに言ってたの。
ママは天使になったのね。
ママはいつも、お空の上にいるのって素敵よねって言ってたわ。

アルベルトはどう返事をしたらよいかわからない。

彼もそうだと思いたい。

しかし真実を知っている。

妻は彼をひとり残して去った。

ひとり、娘と一緒に。


どこにいても、思い出がアルベルトを追いつめる。

どの部屋にも、どの品々にも、フランツィスカがいる。

アパートの空気はまだ、フランツィスカが吸って吐いたのと同じ空気だ。

アルベルトは部屋の家具を入れ換えて、すべて壊してしまいたい。

それより引っ越さなければと思う。

しかしそのことをシャルロッテに話すと、娘はいやだと言う。

ママはわたしにお手紙をくれると約束したの。

お空に着いたら。

だから、ここにいなきゃだめなの。

そうじゃないと、ママはわたしたちがどこに行ったのかわからなくなっちゃうわ、と娘は言う。

毎晩、小さなシャルロッテは何時間も待つ。

窓辺に座って。

地平線は暗く、陰鬱だ。

もしかしたらママの手紙は、そのせいでここが見つけられないのかもしれない。
なんの知らせも届くことなく、日々が過ぎる。

シャルロッテは墓地に行きたがる。
彼女は隅々まで把握している。
母親の墓石に近づく。
約束を忘れないでね――全部話してくれるんでしょ？
だが、いつまでたってもなにもない。
なにも。
この沈黙に、シャルロッテはもう耐えられなくなる。
父親は諭そうとする。
死んでしまった人は、生きている人たちに手紙を書くことはできないんだよ。
それに、そのほうがいいんだ。
ママは幸せなんだ、いまいるところで。
雲の向こうには、たくさんのピアノが隠れてるんだ。
アルベルトはだんだんいい加減なことを言うようになる。
思考がこんがらがってくる。
とうとうシャルロッテは、手紙は来ないのだということを理解する。
彼女は母親をひどく恨む。

2

さあ、そろそろ孤独を学ばなければならない。
シャルロッテは自分の感情を誰とも共有しない。
父親は仕事に隠れ、没頭する。
毎晩、書斎に閉じこもる。
シャルロッテは本に屈みこむ父親を眺める。
塔のように積み上げられた大きな本。
父親は狂ったように、あらゆる種類の公式をぶつぶつ呟く。
脇目もふらず、知への道を突き進む。
既知への道も。
彼はベルリン医科大学の教授に任命されたばかりだ。
ついに認められ、夢がかなったのだ。
シャルロッテはあまり喜んでいないらしい。
本当のことを言うと、感情を表現するのが難しくなっているのだ。
フュルスティン＝ビスマルク小学校では、シャルロッテの境遇が囁かれる。

あの子には優しくしてあげなきゃだめよ、ママが死んじゃったんだって。

ママが死んじゃったんだって、ママが死んじゃったんだって、ママが死んじゃったんだって。

幸いにも、建物には安心できる広い階段がある。

苦痛がやわらぐ場所。

シャルロッテは毎日そこに行くのを楽しみにしている。

私も彼女が通った道を歩いてみた。

何度も何度も、彼女の歩に私の歩を重ねた。

幼いシャルロッテの足跡を行きつ戻りつした。


ある日、私は彼女が通っていた小学校に入ってみた。

女の子たちがホールを走りまわっていた。

シャルロッテがいまもそのなかに混じっているかもしれないと考えた。

事務室に行くと、教育カウンセラーの女性が迎えてくれた。

ゲルリンデという名の、とても愛想のよい人だった。

私は訪問の理由を告げた。

彼女は驚いていないようだった。

シャルロッテ・ザロモンですね、と自分に言い聞かせるようにくりかえした。

もちろん、ここにいる人たちは皆、彼女のことを知っています。

それから長い見学が始まった。
細部にいたるまで、なにしろひとつひとつの小さなことが大事なのだから。
ゲルリンデはこの学校のさまざまな美点を挙げた。
私の反応や顔色をうかがいながら。
だが、まだ一番重要なものを見ていなかった。
生物の標本をご覧になりませんか？　と彼女は提案した。
なぜですか？
すべて当時のものなんですよ。
一世紀前へのタイムスリップ。
シャルロッテの手つかずの世界へのタイムスリップ。

私たちは暗くほこりっぽい廊下を通って屋根裏の物置へ上がった。
物置は動物の剝製だらけだった。
瓶のなかで永遠を過ごす昆虫たち。
一体の骸骨が私の目を引いた。
私の探求のなかでひっきりなしにくりかえされる死。
シャルロッテもそれで学んだはずです、とゲルリンデは言った。
自分の描く主人公とおよそ一世紀の時を隔てて、私はそこにいた。
今度は私が人体の構造を分析しながら。

最後に、私たちは素晴らしいオーディトリウムを訪れた。
女の子たちのグループが、学級写真を撮影するためにポーズをとっていた。
カメラマンに乗せられて、女の子たちはふざけていた。
生きる歓びを永遠にとどめることへの成功。
私は以前見たシャルロッテの学級写真に思いを馳せた。
この部屋ではなく、外の校庭で撮られたものだった。
ひどく心を乱される写真だ。
そこに写っている女の子全員がカメラを見ている。
全員、たったひとりを除いて。
シャルロッテの眼は違う方向を向いている。
なにを見ているのだろう?

3

シャルロッテはいっとき祖父母の家で暮らす。
母親の娘時代の部屋を使う。
そのせいで、祖母は混乱してしまう。

昔と今を混同する。

長女の顔をした子。

次女と同じ名前の子。

夜になると、祖母は怖くなって何度も起き上がる。

小さなシャルロッテがぐっすり眠っているかどうか確かめないと気がすまないのだ。


シャルロッテは手に負えなくなる。

父親は子守を何人も雇うが、シャルロッテは全力で子守が辞めたくなるように仕向ける。

誰であろうと自分の世話をする人を嫌う。

なかでもとくにいやなのが、シュタガルトさんだ。

背の高い、愚かで品のない女性。

シャルロッテほどしつけがなってない子をわたしは知りません、と彼女は言う。

幸いにも、ある日遠出をしたときに彼女は穴に落ちる。

足を折って、痛みに叫ぶ。

ようやく彼女から解放されて、シャルロッテは有頂天になる。


だが、ハーゼだけは違う。

シャルロッテは彼女のことがすぐ好きになる。

アルベルトがいつも不在なので、ハーゼは事実上同居しているようなものだ。

彼女が風呂に入るとき、シャルロッテは起きてこっそり覗く。

彼女の豊満な胸に魅了されているのだ。

こんなにも大きな胸を見るのは初めてだ。

母親の胸は小さかった。

わたしのはどんなふうになるんだろう?

どういうのが好まれるのかを知りたくなる。

シャルロッテは隣に住む同い年の男の子に、アパートの踊り場で会ったときに訊いてみる。

彼はとても驚いているようだ。

そして考えた末、大きいのがいいと答える。

じゃあハーゼは得だ、でも彼女はあまり美人じゃない。

少し腫れぼったい顔をしている。

それに口の上に髭が生えている。

男の人の口髭ほどではないけれど。

そこでシャルロッテはふたたび隣の男の子に会いに行く。

胸が大きくて口髭が生えているのと……

胸は小さいけど天使の顔をしているのだったら、どっちがいい?

またもや男の子は戸惑う。

真剣な口ぶりで、二つめの選択肢のほうがいいかなと答える。

そして、それ以上なにも言わずに去っていく。

それ以来、彼はこの隣の変な女の子に会うたびに気まずそうにする。
シャルロッテのほうは、彼の答えを聞いてほっとする。
実際、ハーゼが男性にモテないということが彼女を安心させる。
ハーゼのことが好きすぎて失いたくないのだ。
彼女が誰にも愛されないでいてほしい。
誰にも、自分以外には。

4

母親がいなくなってから初めてのクリスマス。
祖父母はいるが、これまで以上に素っ気ない。
居間にあるクリスマスツリーは並外れて巨大だ。
アルベルトは一番大きくて美しいのを買う。
もちろん娘のためだが、妻の思い出のためでもある。
フランツィスカはクリスマスが大好きだった。
彼女は何時間もツリーの飾りつけをしていた。
一年でもっとも輝かしい時だった。

今年のツリーは暗い。
ツリーでさえも喪に服しているかのように。

シャルロッテはプレゼントを開ける。
皆に見られているので、幸せな女の子の役を演じる。
場の空気を和ませるための芝居だ。
父親の悲しみを追いはらうための。
なによりも沈黙が気まずい。
クリスマスは、母親がずっとピアノの前にいた。
クリスマス・キャロルが好きだったのだ。
今年のパーティーはなんのメロディーも聞こえない。

シャルロッテはしばしばピアノを眺める。
それに触れることはできない。
鍵盤の上にある母親の手が、いまでも目に浮かぶ。
この楽器の上では、過去が生きている。
シャルロッテは、このピアノには自分を理解してもらえるような気がする。
そして痛みを分かち合えるような気がする。
ふたりは同じ孤児なのだ。

毎日、シャルロッテは開いたまま置かれている楽譜を見つめる。
母親が最後に弾いた曲。
バッハの楽譜。

こんなふうに、沈黙のなか、クリスマスが何度か過ぎていく。

5

一九三〇年。
シャルロッテは思春期に入る。
彼女は「自分の世界に入りこんでいる」とよく言われる。
「自分の世界に入りこんでいる」と、なにを生み出すのだろうか?
夢想、そして間違いなく詩も。
しかし、嫌悪感と至福とが奇妙に入り混じった感情も生まれる。
シャルロッテは微笑みながらも同時に苦しんでいることがある。
ハーゼだけがシャルロッテのことを理解してくれるが、それは言葉を介してではない。
沈黙のなか、シャルロッテはハーゼの胸に頭をもたせかける。

そうすると、聞いてもらえているような気がする。
慰めになる体というものがある。
だが、ハーゼは以前ほどシャルロッテの世話をしない。
アルベルトは、娘も十三歳になったからもう子守はいらないだろう、と言う。
自分の娘がなにを望んでいるか、そんなこともわからないの？
そんなんだったら、大きくなんかなりたくないわ。

シャルロッテはますますひとりぼっちのような気がする。
一番の親友が、いまではカトリンと一緒にもっと長い時間を過ごしている。
中学校に新しく転校してきた子で、あっという間に人気者になった。
どうやったのだろう？
世の中には、人に好かれる才能のある女の子がいる。
シャルロッテは見棄てられるのが怖い。
初めから関係を結ばないのが一番だ。
だってすべてに終わりがあるんだから。
自分を失望させるかもしれないものから身を守らないと。
でも待って、そんなの馬鹿げてる。
いまの父親の様子を見て思う。
人を避けたばかりに、すっかり陰気になってしまった。

そこでシャルロッテは、もっと外に出てみたらと父に勧める。


ある夕食会の席で、アルベルトはある高名なオペラ歌手と向かい合う。

レコードを一枚出したばかりで、とても素晴らしい出来だ。

ヨーロッパ全土で拍手喝采を浴びている。

教会では宗教音楽も歌っている。

アルベルトはおどおどし、言葉に詰まる。

ふたりの会話に沈黙が流れる。

彼女が何かしら病気を患っていたら、アルベルトは医師としてなにを言うべきかわかるのに。

あいにく彼女は、ねたましいほど健康だ。

少しして、娘がひとりいます、と口ごもりながら言う。

パウラ（それが彼女の名前だ）は、それを素敵に思う。


つねに数多の男性に口説かれるパウラの理想の男性は、芸術家ではない人だ。

クルト・ジンガーという熱情的なオペラ座の支配人も、彼女の崇拝者のひとりだ。

パウラのためならばすべてを（つまり妻を）捨てるつもりでいる。

ほとんどストーカーも同然となる。

何か月ものあいだ、彼はパウラに途方もない約束をする。

彼は神経科医でもあるので、女性の心を治したりもしている。

パウラに振り向いてもらうために、彼女に催眠術をかけようとまでする。
パウラは彼を拒むより先に、だんだん屈しはじめる。

ある夜、コンサートを終えて外に出ると、突然クルトの妻が現れる。
絶望した様子で、パウラに向かって毒の入った小瓶を投げつける。
おそらく飲もうとして飲めなかった毒だろう。
恋愛の悲劇。
この一件でパウラは参ってしまう。
彼女はそろそろ結婚する潮時だと思う。
この疲弊させる状況に終止符を打つために。
そんな折、アルベルトが避難所のように思える。
そうして、パウラは外科医のほうの手を取る。

アルベルトはシャルロッテに、パウラとの出会いを話す。
驚いたシャルロッテは、パウラを夕食に招待してちょうだいと懇願する。
来てもらえたらものすごく光栄よ。
アルベルトはしたがう。
その夜、シャルロッテはとっておきのドレスを着る。
実際、それしか好きなドレスがない。

ハーゼを手伝ってテーブルを整え、食事の仕度をする。
なにもかも完璧でなければならない。
夜の八時、ドアの呼び鈴が鳴る。
興奮気味になりながら、彼女はドアを開けに行く。
パウラはシャルロッテに大きくにっこりと笑いかける。
あなたがシャルロッテね、と歌姫は言う。
はい、そうです、と答えようとする。
が、言葉が出てこない。

夕食会は喜びを押し殺すような空気のなかで進む。
パウラはシャルロッテに、今度コンサートに来てちょうだいと誘う。
そのあと、ぜひ楽屋も訪ねてね。
来てくれたらわかるけど、とってもきれいなのよ、とパウラは言う。
舞台裏っていうのはね、真実が存在する唯一の場所なの。
パウラは穏やかに、か細い声で話す。
歌姫らしいところがまるでない。
だが一方で、仕草のひとつひとつはとても繊細だ。
万事うまくいってるな、とアルベルトは思う。
もうずっと前からパウラもここに暮らしているかのようだ。

夕食後、二人は歌ってほしいと歌姫にお願いする。
パウラはピアノに近づく。
シャルロッテの心臓は、もはや脈打つというより走り出す。
パウラはピアノの横に置いてある楽譜をぱらぱらとめくる。
ついに、シューベルトの歌曲を選ぶ。
その楽譜をバッハの楽譜の上に置く。

6

シャルロッテはパウラに関する記事はひとつ残らず切り抜く。
こんなふうに人びとに愛されているさまに魅了されるのだ。
客席で観客の拍手を聞くのが好きだ。
この歌手と「個人的に」知り合いだということが誇らしい。
シャルロッテは聴衆の熱気に夢中になる。
感嘆の音は想像を絶するものだ。
パウラは自分が受け取る人びとの愛情をシャルロッテと分かち合う。
贈られてくる花や手紙を彼女に見せる。

これらすべてが、ある種の奇妙な慰めとなる。

日々が充実し、早々と過ぎていく。
不意に、なにもかもが熱を帯びはじめたようだ。
アルベルトは娘に、パウラをどう思うかと訊ねてみる。
わたしはただもう大好きよ。
じゃあいいかな、お父さんたちは結婚することにしたんだ。
シャルロッテは父親の首に飛びつく。
そんなことはもう何年もしていなかった。

結婚式はシナゴーグで行なわれる。
パウラの父親がユダヤ教のラビなので、彼女は熱心な信者だ。
それまでのシャルロッテの人生において、ユダヤ教はそれほど重要ではなかった。
まったく、と言ってもいいかもしれない。
「ユダヤ教の教えの不在」のなかで幼少期を過ごした。
ヴァルター・ベンヤミンの言葉を借りるならば。
シャルロッテの両親は、宗教色のない生活を送っていた。
それに母親はクリスマス・キャロルが大好きだった。
十三歳になって初めて、シャルロッテは自分が属しているらしい世界を発見する。

自分たちから遠く離れているように思える世界に対する、単純な好奇のまなざしでそれを見つめる。

7

アルベルトの新しい奥さんがヴィーラント通り十五番地に引っ越してきた。
シャルロッテの暮らしは一変する。
いままで空っぽで静かだったアパートは変貌する。
パウラはベルリンの文化的生活を家に持ちこむ。
有名人を何人も招く。
かの高名なアルベルト・アインシュタインと会う。
あるいは建築家のエーリヒ・メンデルゾーン。
それからアルベルト・シュヴァイツァーも。
ドイツの全盛期だ。
知的、芸術的、そして科学的に。
集まってはピアノを弾き、飲み、歌い、踊り、発明する。
人生がこれほどまで強烈に感じられたことはない。
現在、この住所の前の地面には小さな金のプレートがいくつも埋められている。

「つまずきの石」と呼ばれるものだ。
強制送還された人びとに敬意を表している。
ベルリンでは、とりわけシャルロッテンブルクに数多く埋められている。
見つけるのは容易ではない。
石畳の隙間の記憶を探りながら、視線を落としながら歩かなくては。
ヴィーラント通り十五番地の建物の前には、三つの名前がある。
パウラ、アルベルト、それからシャルロッテの。
だが、壁にかけられた記念プレートは一枚しかない。
シャルロッテ・ザロモンのだけ。

私が最後にベルリンを訪れたときには、このプレートは消えていた。
建物は改装工事中で、足場が組まれていた。
新しいペンキが塗られ、シャルロッテが消されていた。
建物は味気なくなり、映画のセットの壁みたいだ。
歩道に立ち尽くしながら、私はバルコニーを眺める。
シャルロッテが父親と一緒に写真を撮った場所。
その写真が撮られた日付は、一九二八年頃にさかのぼる。
シャルロッテは十一、二歳で、生き生きとした眼をしている。
もうすっかり大人の女性に見える。

私はしばしの間、過去に思いを巡らせる。
目の前にある現在よりも、記憶のなかで例の写真を眺めたいからだ。
そして、ついに決意する。
私は梯子や職人たちのあいだをすり抜けて階段を上がる。
二階にたどり着き、シャルロッテのアパートを目の前にする。

シャルロッテの家の呼び鈴を鳴らす。

工事中のため、人は住んでいない。
だが、一筋の光がアパートから漏れている。
誰かがそこにいるようだ。
誰かがそこにいるはずだ。
それなのに物音がまったくしない。
アパートが広いということはわかる。
もう一度呼び鈴を鳴らす。
なにも反応がない。
待っているあいだ、呼び鈴の上にある表札の名前を読む。
ザロモン家のアパートは事務所に変わったらしい。
入居している会社の名前は、ダスドメインハウス・ドットコム。

インターネットのサイトを運営している会社だ。

物音がする。
足音が近づいてくる。
誰かがドアを開けようか迷っている。
不安げな面持ちの女性が現れる。
なんて言おう?
私の小説をドイツ語に訳してくれているクリスティアン・コルプが同行している。
彼は話しはじめる前に間を置く。
いつも口のなかに「……」があるのだ。
私は彼に、われわれの訪問の理由を説明してほしいと頼む。
フランスの小説家で……シャルロッテ・ザロモン……
女性はピシャリとドアを閉める。
私は茫然として、しばらく動けない。
シャルロッテの部屋まで、あと少しのところにいるのだ。
もどかしいが、無理強いするのもよくない。
時間はたっぷりある。

8

シャルロッテの前で繰り広げられる会話の数々は、彼女を豊かにする。
彼女は熱心に、本をむさぼり読みはじめる。
ゲーテ、ヘッセ、レマルク、ニーチェ、デーブリーンに読みふける。
パウラは義理の娘が内に閉じこもりすぎだと感じる。
一度も友達を家に呼んだことがない。

シャルロッテは継母に対して、次第に独占欲が強くなる。
パーティーのときなど、ずっとパウラの後をついてまわる。
誰かがパウラにあまりに長く話しつづけていると、我慢できなくなる。
彼女はパウラの誕生日に、なにか特別なことをしたいと思う。
何日もかけて理想のプレゼントを吟味する。
とうとう、完璧なおしろいのコンパクトを見つける。
小遣いを全部はたいてそれを買う。
シャルロッテはいいものを見つけられて大喜びだ。
パウラはもっとわたしのことを好きになってくれるだろう。

誕生日の夜、シャルロッテはそわそわする。
パウラが彼女からのプレゼントを開ける。
とても喜んでくれる。
だが、数あるプレゼントのうちのひとつにすぎない。
パウラは全員に対して等しく気持ちを込めて礼を述べる。
シャルロッテはくずおれる。
失望する。
そして発狂する。
彼女は駆け寄ってコンパクトをひったくる。
そして招待客全員の前で、あらんかぎりの力で床に投げつける。
場は静まりかえる。
アルベルトは、きみの反応次第だと言わんばかりにパウラを見やる。
歌姫に静かな怒りがこみあげる。
彼女はシャルロッテを部屋に連れていく。
明日話しましょう、と言う。
ぜんぶ台無しにしちゃったわ、とシャルロッテは思う。
翌朝、ふたりは台所で一緒になる。
シャルロッテはくどくど言いわけする。

自分が感じたことをなんとか説明しようとする。
パウラはシャルロッテの頬を撫でて、慰めようとする。
シャルロッテがようやく自分の不安を言葉にしてくれたのがうれしい。
パウラは楽しかった自分の少女時代を思い起こす。
いまシャルロッテがなぜそんなに取り乱すのか、理解できない。
アルベルトは、娘の行動は嫉妬によるものだと思っている。
単にそれだけのことだ。
娘の苦しみの深さからは目を背ける。
彼は膨大な仕事に忙殺されている。
立派な医師なのだ。
潰瘍の治療のための重要な発見をいくつもしている。
娘の癇癪は優先事項ではない。

パウラの心配は解消されない。
シャルロッテにすべて打ち明けなければと思う。
真実を。
なんの真実だ？　とアルベルトは訊ねる。
なんのって……シャルロッテのお母さんのよ。
彼女は言い張る。

こんな嘘をもとに自己形成できる人なんていやしないわ。

皆が嘘をついていたってことを知ってしまったら、そっちのほうが恐ろしいことになる。

やっぱりだめだ、黙っていよう、とアルベルトはもう一度言う。

それに、シャルロッテの祖父母が許さないんだよ。

孫に知られたくないっていうのさ。


パウラはたちまちピンとくる。

シャルロッテはちょくちょく祖父母の家に泊まりに行く。

絶え間ない圧力を受けているのだ。

祖父母はつねにふたりの娘を失ったことを皆に思い出させている。

もうわれわれにはロッテしかいないんだ、と嘆く。

祖父母の家に泊まって帰ってくると、シャルロッテは暗い顔をしている。

もちろん、祖母はシャルロッテを深く愛している。

だが、彼女の愛情には黒い力みたいなものがある。

あの人に子供の世話などできるわけがない。

娘がふたりとも自殺した、あの人に。

9

パウラはシャルロッテになにも打ち明けないことを承知する。
それが家族全員の願いだから。
だが、彼女は祖母に手厳しい手紙を送る。
「あなたは自分の娘たちを殺しました。
でも今度こそは、そうはさせません。
わたしがあの子を守ります……」
祖母は打ちのめされ、自分の内に引きこもる。
葬ってしまおうとしていた過去が波のように打ち寄せてくる。
悲劇の連なりに圧倒されるがままになる。

もちろん、ふたりの娘がいる。
しかし、このふたりの自殺は、長い自殺の系譜の終点にすぎない。
祖母の弟も、不幸な結婚の末に入水自殺した。
法学博士で、まだ二十八歳の若さだった。
弟の遺体は居間に置かれた。
何日ものあいだ、家族はその惨事のそばで眠った。

彼を逝かせたくなかったのだ。
アパートを彼の墓にしたかった。
だが悪臭のせいで、それ以上置いておくことはできなかった。
遺体を持ち上げたとき、母親が引き留めようとした。
母親は、息子の死は受け入れても、彼の不在を受け入れることはできなかった。
息子の体がなくなることを。
母親は精神錯乱に陥った。
二十四時間体制で看護婦をふたりつけた。
彼女自身から彼女を守るために。
のちのフランツィスカのように。
最初の自殺未遂のあとの。
歴史はくりかえされるのだ。
絶え間なくくりかえされる、死がくりかえされるがごとく。

祖母はこのとても苦しかった時期を思い出す。
絶えず自分の母親を見張っていなければならなかった時期のことを。
ときおり落ち着かせるために話しかけた。
すると穏やかになったように見えた。
だが否応なくまた息子の話をしてしまうのだ。

彼女は、息子が船乗りなのだと言っていた。
だからあまり会えないのだと。
そして突然、現実が彼女の顔に飛びつくことがあった。
本当に現実が嚙みついているようだった。
すると母親は何時間も叫ぶのだ。
八年間の精神衰弱のすえ、ついに亡くなった。
家族はおそらく、うわべの平静を取り戻せるだろうと思っていた。

しかし、シャルロッテの祖母にとってはそれが終わりではなかった。
自分の母親を埋葬した直後、末の妹が自殺した。
予知できない、不可解な方法で。
十八歳だった妹は、夜中に起き上がった。
凍てつく川に身を投げるために。
のちにひとりめのシャルロッテがするのとまったく同じ方法で。
そうして歴史はくりかえされるのだ。
絶え間なくくりかえされる、死がくりかえされるがごとく。
祖母は妹の死に茫然とした。
そんなことが起きるなんて思ってもみなかった――祖母だけでなく他の誰も。

早く逃げ出さないと。
結婚が一番の選択肢だ。
彼女はグリュンヴァルトになった。
そしてすぐさまふたりの娘をもうけた。

奇妙にも幸福な数年が過ぎた。
しかし黒い歩みがまた行進を始めた。
弟の一人娘が自殺した。
そして次はその父親、それから伯母の番だった。
つまりもうどんな出口もないのだ。
この病的な遺伝的特性はあまりに強すぎた。
家系図の根は病に蝕まれている。

それでも、祖母は自分の娘たちにもそれが受け継がれているとは夢にも思わなかった。
娘たちの幸福な幼少期にはその前兆が微塵もなかった。
ふたりはあちこち駆け回っていた。
跳びはね、踊り、笑っていた。
思いもよらなかった。
シャルロッテが、そしてフランツィスカまでもが。

部屋に閉じこもって、祖母は身近な人たちの死を悼みつづける。
ひざの上に手紙を置いて。
涙に濡れ、インクがにじみ、文字が崩れる。
パウラが正しかったとしたら？
なにしろ、彼女は天使のように歌うのだから。
そうだ、彼女は真実を言っているのだ。
わたしのまわりの人たちは皆死んでいく。
きっとわたしのせいなんだ。
だったら、気をつけないと。
シャルロッテを守らなければ。
もっと会う頻度を減らそう、そのほうがいいのなら。
もう孫はここへは泊まりに来ない。
それが一番大事なこと。
シャルロッテは生きなければ。
ただ、本当にそれは可能なの？

第三部

1

シャルロッテは十六歳になる。
真面目な子なので、成績は非常に優秀だ。
人びとは彼女を謎めいていると思うこともある。
パウラはとくにシャルロッテを図々しいと感じる。
ふたりはもはや以前ほど仲があまりよくない。
アルベルトはあいかわらず医学の研究に取り憑かれている。
それゆえふたりは、大半の日々をふたりきりで過ごす。
互いにいらだち、腹をたてて、もはや普通ではない。
シャルロッテの感情はますます混乱する。
パウラを崇める一方で、彼女に我慢ならなくなっている。
それでも、パウラの歌を聴くことだけは欠かさない。

ベルリンで行なわれるコンサートには必ず足を運ぶ。
初めて行ったときと変わらぬ思いで。
パウラは当代の歌姫のなかで頂点に立つひとりだ。
彼女の歌声を聴こうと、つねに人びとが押し寄せる。
つい先日、パウラは見事な『カルメン』を収録したばかりだ。
シャルロッテはその夜、最前列にいる。
継母は音を長く伸ばしている。
コンサートの最後の音だ。
聴衆は息をのむ。
音は優美に消えていく。
大成功、拍手喝采、言葉が見つからないがそれ以上のものだ。
あちこちからブラヴォーの声が上がる。
シャルロッテは舞台を埋め尽くす花束を眺める。
やがて自分たちの居間を飾ることになる花束の数々。
どれも赤い。
そしてその赤のただなかで、不協和音が湧き上がる。
最初、シャルロッテは確信がもてない。
少し変わった賛美の仕方なのかもしれないと思う。

いつもより荒々しい叫び声と、甲高い口笛。
いや違う、あれはやっぱり賛美なんかじゃない。
上のほうから聞こえてくる。
まだよく見えない。
会場の明かりはまだついていない。
しゃがれ声がだんだん大きくなる。
いまや野次が拍手喝采をかき消す。
パウラはそれに気づき、舞台の袖にはける。
彼女は聞きたくないのだ。
憎悪の声は聞きたくない。

男たちは汚い言葉を浴びせ、罵る。
パウラに家に帰れと言う。
おまえの歌をもうここで聴きたくないんだよ！
シャルロッテは震えながら、パウラを探しに行く。
継母が打ちひしがれているのではないかと心配する。
しかしそんなことはない、パウラは気丈に鏡に向かっている。
彼女は強く、ほとんど動揺していないように見える。
むしろパウラのほうがシャルロッテを安心させる。

慣れないとね、こういうこともあるわ……
だが、声の調子は言葉とは裏腹だ。
落ち着いているように見えて、不安を隠しきれずにいる。

ふたりが帰宅すると、アルベルトが寝ずに待っている。
今夜の出来事を聞いてぞっとする。
ふたりが語る場面を想像しただけで吐き気がする。
ただもう耐えがたい。
友人たちのなかにはドイツを去ろうとしている者もいる。
きみたちもそうしたほうがいいと言われる。
パウラはアメリカで歌えばいいじゃないか。
アルベルトだってすぐに仕事が見つかるはずだ。
いや、とアルベルトは言う。
論外だ。
われわれの故郷は、ここだ。
ドイツだ。
憎悪はそのうち消えるだろう、楽観主義でいないと。*

2

一九三三年一月、憎悪が権力の座につく。

パウラはもはや公の舞台に立つ権利をもたない。
アルベルトのほうも同じく、仕事の死が突如訪れる。
ユダヤ人が施す治療については医療費が支払われなくなる。
教諭資格を剝脱される。
重要な発見をいくつもしてきた彼が。
暴力は広がり、本が焼かれる。
ザロモン家のアパートに、人びとは夜になると集まる。
芸術家、知識人、医師たち。
そのうち収まるだろうと信じつづける者もいる。
経済危機が起こると、決まってこういうことがついてまわる。
国の不幸の責任を必ず誰かがとらされる。
シャルロッテは、打ちのめされた人びとによるこの議論に耳を傾ける。

＊ビリー・ワイルダーは「悲観主義者たちはハリウッドへ、楽観主義者たちはアウシュヴィッツへたどり着いた」と言った。

クルト・ジンガーもその場にいる。
彼もベルリンのオペラ座の職を失ったばかりだ。
ジンガーはその力とカリスマ性でレジスタンスを率いようとする。
彼はナチへの接近も試みる。
解雇された芸術家たちの権利を擁護する。
そしてドイツ系ユダヤ人の文化連盟の設立を提案する。
この提案を受け取った党の代表者はためらう。
提案は却下しなければならないが、ジンガーに敬服せずにはいられない。
ふたりの間の時が一瞬止まる。
この瞬間、事はどのようにも転びうるのだ。
芸術家たちの決定的な死が宣告されるか、あるいは生かされるか。
この役人はすべてを禁じる権限をもっている。
いまのところ、彼は黙っている。
まっすぐ相手の目を見る。
ジンガーはこめかみに汗の玉が浮き出てきそうなのを感じてこらえる。
それぞれの運命がかかっているのだ。
長い沈黙のすえ、ナチ党の責任者は一枚の紙を取り出す。
彼はそれに署名し、ユダヤ人組織の設立を認める。

ジンガーは熱烈に礼を述べる。
感謝します、心から感謝します。
芸術の民を救った英雄は、拍手喝采で迎えられる。
この勝利を祝して盛大なパーティーがひらかれる。
なんという喜び――われわれはただちに死なずにすむ。

歌手、俳優、ダンサー、教授たちは皆、ほっと息をつく。
舞台に立つということは、生きることだ。
パウラが沈黙に埋もれることはない。
まだこれからもリサイタルをひらくことができるだろう。
ユダヤ人のための劇場で、ユダヤ人の聴衆の前で。
ゲットーの文化版。
このシステムはそれから数年続く。
徐々に狭められ、支配され、抑圧されながら。

一九三八年、クルト・ジンガーはアメリカにいる妹を訪ねる。
彼が不在のあいだ、「水晶の夜」事件が起こる。
ユダヤ人商店が略奪され、何十人もの人びとが殺害される。
クルトの妹は、兄にアメリカに残るよう懇願する。

彼にとってこれほどの好機はない。
これから起こりうる惨事に巻き込まれずにすむ。
大学の職さえ提示される。
いや、だめだ。
どうしても祖国に帰りたい。
救えるものを救うために、と彼は言う。

ヨーロッパへは、ロッテルダムを経由して帰還する。
そこでも友人たちが残るようにと彼を説得しようとする。
文化組織は、いずれにせよ解散だよ。
いま、この一九三八年のドイツに戻ることは自殺行為だ。
ジンガーは折れて、オランダに残ることにする。
そしてふたたび、音楽と芸術による抵抗をこころみる。
コンサートをひらく。
しかしここでも、締め付けが強化されている。
幾度も、彼は逃げ出すことができただろう。
だが仲間のそばにいたかった。
他者の脆さのための幻の盾。
彼はそれほど勇敢な男なのだ。

写真は彼の力強さ、狂った髪を伝えている。
一九四二年、彼はテレジーン強制収容所に送られることになる。
そこには、とりわけ芸術家やエリートたちが収容されている。
いわば見本としての収容所だ。
国際赤十字から派遣される調査員の目をごまかすためのショーケース。
訪問者たちには、装飾の背後に隠されているものがまるで見えていない。
舞台を用意して、なにもかもうまくいっているように見せる。
ジンガーはここでもコンサートを催しつづける。
腕を上げ、オーケストラの指揮棒を振る。
オーケストラの生き残り。
毎月、演奏家たちは沈黙のなかへと沈む。
そして儀式もなく死んでいく。
ジンガーは最後に、ふたりの弱ったヴァイオリニストを指導する。
最後まで瀕死のふたりを生きるのだと励ましつづける。
誰ももはや信じていない、彼以外は。
彼は信じつづけた、一九四四年一月、衰弱の果てに倒れる日まで。
闘いのさなかに命を落とした。

3

一九三三年に戻ろう。

シャルロッテは、もはやこの憎悪が一過性のものではないと感じる。
一部の狂信者たちだけでなく、国全体に広がっている。
血に飢えた連中が国を率いている。
四月初旬、ユダヤ人商店で不買運動が行なわれる。
シャルロッテは、道行く人びとの行進や商店の破壊を目のあたりにする。
ユダヤ人の店で買う奴は豚だ、と書かれた貼り紙を読む。
怒りに燃える群衆がスローガンを叫ぶ。
シャルロッテの感じた恐怖がわれわれに想像できるだろうか?

侮辱的な新たな措置が次々に発表される。
学校では、祖父母の出生証明書の提出が義務づけられる。
それによって、自分にユダヤ人の祖先がいるのを知る少女たちがいる。
するとたちまち、その子たちはのけ者にされる側になる。
汚れた血。

ユダヤ人の子とは遊ばないようにと娘に言う母親たちもいる。
うつったらどうするの？
憤る母親たちもいた。
一致団結してナチと闘わなくちゃ、と叫ぶ。
だが、それを口にするのは危険だ。
それゆえ、叫ぶ声はだんだん小さくなっていく。
そしてついには、完全に沈黙する。

アルベルトは娘を安心させようと最善を尽くす。
だが、人びとの憎悪をやわらげる力のある言葉など存在するだろうか？
シャルロッテはますます殻に閉じこもるようになる。
本ばかり読み、夢想に耽ることが次第に減っていく。
ちょうどこの時期、絵画が彼女の人生に加わりはじめる。
ルネサンスへの情熱のおかげで、彼女は自分自身の時代から離れることができる。

4

シャルロッテの祖父母は、夏になると家を空けることが多い。

その年は、イタリアへ長期の文化旅行をする計画を立てている。
そして孫娘を一緒に連れていきたいと思う。
過去の心配はあったものの、父親とパウラは迷わず承諾する。
破滅から遠く離れているほうが娘も幸せだろう。

のちにこの旅行は、シャルロッテの根幹を成すものとなる。
祖父母は古代文明に目がない。
遺跡のようなものにはなんでも夢中になる。
とりわけミイラに魅了されている。
そして言うまでもなく、絵画にも。
シャルロッテは造詣を深める。
新たな視野がひらける。
ある種の絵画の前に立つと、恋に落ちたときのように心臓が高鳴る。
この一九三三年の夏は、彼女の生きる証が真に誕生した時だ。

どんな芸術家が歩む道にも、必ず特別なある一点が存在する。
自分独自の声をあげる瞬間。
その声には濃密さが広がっていく、ちょうど血が水中に落ちて広がるように。

旅の道中、シャルロッテは自分の母親のことを訊ねる。
母親の存在の記憶が、年を追うごとに薄れていく。
いまでは漠然とした印象や、不確かな感情しか残っていない。
母親の声や、匂いを忘れてしまったことがつらい。
祖母は、その話題について語るのは苦しすぎて避ける。
シャルロッテはなにも訊かないほうがいいのだと察する。
フランツィスカは沈黙のなかで自らの旅を続ける。
彼女の死因は、娘にはまだ秘密のままだ。

祖父は芸術作品に触れて自らを慰める。
不条理な楽観を感じられるのだ。
ヨーロッパが殺戮の狂気にまたぞろ陥ることはない。
遺跡を訪れながら、祖父はそう宣言する。
古代文明の力強さには安心する。
祖父は大げさな身振り手振りを交えて独自の学説を唱える。
彼の永遠なる陰である妻は、夫のあとについていく。
このありそうもない組み合わせを見て、シャルロッテは微笑む。
ふたりはすっかり老けこんだようだ。
祖父は使徒のような、長い白鬚をたくわえている。

杖をついて歩いているが、まだしっかりして見える。
祖母はますます痩せ細っている。
彼女しか知らない奇跡の秘密のおかげで、自分の足で立っていられるのだ。

休むことなく、ふたりの老人は画廊を歩きまわる。
休みたいと言い出すのはシャルロッテのほうだ。
ふたりのペースに合わせていたら疲れ果ててしまう。
三人とも、どの美術館の展示品もくまなく見たいと思う。
だが、そうすることに果たして意味があるのかとシャルロッテはときどき思う。
ひとつの作品をじっくり見るほうがいいのではないか？
その作品にひたむきな眼差しを注ぐ。
ひとつの作品を完璧に理解することのほうが、価値があるのではないか？
注意を分散させて、結局浪費してしまうよりも。
だからシャルロッテはどこかひとつところに留まりたい。
自分が見つけられないものを探し回るのをやめるために。

5

ドイツへの帰国はつらい。
素晴らしいものに囲まれて過ごした夏のあと、現実は精神的圧迫となる。
この現実に直面しなければならない。
そこで祖父母は国を去ることを決意する。
もう二度と帰ってくることはないだろう。
永久的な亡命になるだろう。

祖父母はスペインに滞在していたとき、あるアメリカ人女性に出会った。
オッティリー・ムーアという、ドイツ出身で少し前に未亡人になった女性だ。
夫を亡くした際、莫大な遺産を相続する。
彼女は南仏に広大な土地を所有している。
そこではありとあらゆる亡命者たちを匿い、とりわけ子供が多い。
彼女はベルリンを訪れ、暴力を目のあたりにする。
南仏へいらっしゃいませんか、と祖父母を誘う。
「無期限で」、とつけ加える。
彼女は祖父母の深い学識とユーモアに惹かれている。

わたしのところへいらっしゃれば、これから起こる大惨事から逃れることができます。さんざん迷ったあげく、祖父母は承諾する。

ヴィルフランシュ＝シュル＝メールにあるその地所は、天国の一隅だ。

実に美しくエキゾチックな庭がある。

オリーヴの木、ヤシの木、糸杉が植わっている。

オッティリーは明るい女性で、微笑みを絶やさず、陽気とも言えるほどだ。


シャルロッテは父親とパウラとともにベルリンに残る。

学校へふたたび通いはじめるが、とめどなく侮辱は続く。

学業の継続を禁じる法律が制定されるその日まで。

バカロレアの試験まであと一年というところで、諦めねばならない。

彼女は「完璧な振る舞い」と書かれた通知表を持って学校を去る。


パウラとともに、シャルロッテはアパートに引きこもって暮らす。

互いに支え合うという状態からは程遠く、ふたりはもはや互いを理解し合えない。

シャルロッテは世界から排除された恨みを、パウラに八つ当たりする。

パウラにだけは泣き叫ぶことができる。


平穏な日々を過ごすこともある。

ふたりは将来について語り合う。
シャルロッテはますます絵を描くようになり、美術学校に入学することを夢見る。
ときどき美術学校の前まで歩いていく。
画板を手にして出てくる学生たちを見つめる。
そして頭上を見る。
建物のてっぺんで巨大なナチの旗がはためいている。

父親は、美術学校に入学するのは難しいと説明する。
ユダヤ人の受け入れ枠は非常に少なく、一パーセントにも満たない。
それよりもファッションデザインの学校に行くのはどうだ？
そっちのほうが、たとえユダヤ人でも入りやすいぞ。
一応、美術関連ではあるし。
服を作れる。
不本意ながらも、シャルロッテは受け入れる。
つまるところ、どんな人生を送るのか自分で決めることを諦めたのだ。
シャルロッテはその学校に行くが、頭がぼうっとして、一日しかいられない。
だがそこにいた数時間のうちに、自らの使命を強く自覚する。
絵を描きたい。

初めて描いた何枚かの絵は見込みがある、それは確かだ。
アルベルトは個人レッスンを受けさせることを決意する。
ちゃんとした教育を受けるのは必要不可欠なことだよ、と父は言う。
そう、将来のために必要不可欠なことだ。

6

その授業は、ふたを開けてみればくだらないものだ。
やってきた女教師は、絵画は一六五〇年に終わりを告げたと思っているらしい。
古くさいベージュのスーツを着込んだ女性。
牛乳瓶の底のような眼鏡をかけているせいで、カエルみたいだ。
シャルロッテは従順に教えを乞うことにする。
なにせ、せっかく父親がお金を出してくれているのだから。
しかし、どうしようもなく退屈だ。
そのカエルはサボテンを描きなさいと言う。
彼女は何度も、シャルロッテが描いたデッサンをすげなく消す。
棘の数が間違っている!
そんなのは絵画ではなく、写真だ。

何週間も、シャルロッテは静物画ばかり描かされる。
ドイツ語では、静物のことをシュティルレーベン、すなわち「静かなる生」という。
「静かなる生」シャルロッテにぴったりの表現だ。

シャルロッテは自分の感情を表現することが苦手だ。
だがそれとは裏腹に、彼女のデッサンは向上する。
彼女はよく研究された伝統主義と現代とのあいだの一本の道を発見する。
ファン・ゴッホを心の底から尊敬し、シャガールを発見する。
崇拝するエミール・ノルデのこんな言葉を、ついこの前読んだところだ。
「まるで絵そのものが、その絵を描いたかのように見える絵を描きたい」。
もちろん、ムンクやココシュカ、そしてベックマンもいる。
もう絵画のことしか頭になく、取り憑かれはじめている。
なにがなんでも美術学校の入学試験に挑戦してみなくては。
熱心に準備をすすめる。
悪魔が彼女のなかで育っていく。
アルベルトとパウラは、シャルロッテの情熱ぶりを心配しはじめる。
だが彼女にとっては喜びだ。
あれほど自分を見失っていたシャルロッテが、ついに自分の歩むべき道を見つけた。

とうとうシャルロッテは美術学校に自分の絵を提出する。
ルートヴィヒ・バルトニング教授は、彼女の作風に惹かれる。
この志望者に計り知れない可能性を感じる。
どうにかして彼女を入学させたいと思う。
しかし、入学を認められるユダヤ人はほんのひと握りだ。
ひとつだけ有利なのは、シャルロッテの父親が元軍医だという点だ。
退廃のなかにおいても、ときどき息をすることが許される。
とはいえ、まだなにもわからない。
まずは委員会に彼女の絵を提出しなければ。
ルートヴィヒは、この若い芸術家に会ってみたいと思う。
彼は博愛的な人物で、人種差別的な法律に反対する活動を行なっていた。
シャルロッテは彼の秘蔵っ子になるだろう。
あるいはひょっとすると、自分にないものを彼女に見いだすかもしれない。
彼は花の絵を描いていた。
優美に描いていた。
だが常識の枠を越えることはなかった。

入学審査委員会が開かれた当日、委員会内に緊張が走る。
シャルロッテの才能は目に見えて明らかだ。

だが彼女をこの学校に迎え入れることは論外だ。
あまりに多くの危険を伴う。
どんな危険があるというんですか？　とバルトニングは憤慨する。
彼女はアーリア人の若者たちにとっての脅威になりうる。
ユダヤ人の娘は悪への誘惑者だし、背徳的ですからね。
バルトニングは、シャルロッテに実際会ったことがあると言う。
彼女が学生たちにいかなる危険も及ぼさないことを保証する。
むしろとても控えめな子ですよ、とさらに押す。
こうしてシャルロッテが引き起こしうる脅威について検討が重ねられる。
彼女の才能については一秒たりとも触れられない。
だが、ついにルートヴィヒ・バルトニングの主張は報われる。
類のない出来事だ。
あらゆる場所から排除されたシャルロッテ・ザロモンが、受け入れられた。
彼女はベルリンの美術学校で学ぶことになる。

7

渇望していた幸福を手に入れて、シャルロッテは勉強に没頭する。

教授陣は彼女のひたむきさと独創性を高く評価する。
ときに寡黙すぎると咎めることもある。
教授たちがなにを求めているのかを把握しなければいけない。
目立つことのないように、また、他の学生に話しかけないようにと言われる。
そんななかでも、友達がひとりできる。
バルバラという、美しい金髪の、根っからのアーリア人だ。
わたしって本当に美人だわ、ハイル・ヒトラー！　とバルバラは言う。
放課後、ふたりで一緒に歩いて帰るのが楽しい。
シャルロッテはこの友人の打ち明け話に耳を傾ける。
バルバラは自分の恋人の話をする。
彼女の人生はバラ色らしい。
ちょっとだけでもバルバラになれたら、とシャルロッテは思う。

次第に、美術学校でも芸術の自由に制限が課せられはじめる。
教授陣はより厳しくなった決まりに従わざるをえなくなる。
ナチ政権は絵筆にも制圧をかけることを決定した。
ときおり兵士たちがホールに突入してくる。
彼らはそこに居座り、退廃の匂いをかぐ。
ただもう単純に、モダンアートを根絶しなければならない。

どうして金髪の農夫以外のものを描くなんてことができるんだ？

運動選手を賛美しろ、彼らの力強さとたくましさを描け。

ベックマンが描くような、ねじれて引き裂かれたみたいな奇妙な人体などもってのほかだ。

ああ奴はなんておぞましい芸術家なんだ、退廃芸術の代表め。


ドイツの天才ベックマンは、一九三七年に国を去ることを決意する。

ミュンヘンでヒトラーの演説を聞いた直後のことだ。

それは「ドイツ芸術の家」の開館記念演説だった。

「国家社会主義が政権をとるまでは……

ドイツには自称モダンアートというものしかなかった。

毎年、モダンアートが新たに生まれかわる！

我々が求めているのは、永遠の価値をもつドイツ芸術だ！

芸術というものは、時間やある時代、ある作風、ある年の上に成り立つものではない。

芸術を創り出すのは人民のみ！

だがおまえたちが創造するものは一体なんだ？

ねじ曲がった不具の人体と白痴ども。

嫌悪感しか催さない女たち。

人間とは言いがたい、むしろ獣のような男たち。

そしてこんなのは存在するはずもないが……

見たとたんに神の呪いだと見なせる子供たち」。

かくして定義づけられた退廃芸術は、大展覧会の目玉となる。好むことを禁じられたものを展示するための。

目を教育し、嗜好の武器をこしらえなければならない。

なにより一番の目的は、退廃を生み出す罪人たちを名指し、辱めることだ。

マルク・シャガール、マックス・エルンスト、オットー・ディクスなどの名が挙がる。

大勢の人びとが訪れ、芸術におけるユダヤ性を見て嫌悪する。

焚書の次は、絵に唾を吐きかける。

展示される作品のなかには、子供の落書きも混じっている。

あるいは精神病患者が描いた絵もある。

こうしてモダンアートを処刑する舞台がしつらえられる。

8

シャルロッテは弾圧された芸術家たちの側に自分を位置づける。

絵画の革新や最新の理論に興味をもつ。

美術史家のアビ・ヴァールブルクの本を何冊か持っている。

そのことを知って、私はどうりで、と思った。

シャルロッテのことを知る前、私はアビ・ヴァールブルクに夢中になっていた。

一九九八年、『リベラシオン』紙でこんな見出しの記事を読んだ。

「ヴァールブルク、救助活動……」

ロベール・マッジョーリというジャーナリストが「伝説の図書館」について言及していた。

図書館という言葉にふと目をとめた。

私は、ずっと前から頭にこびりついている、ある図書館を探している。

子供のころに見た光景で、それが脳裏に焼きついている。

前世からの記憶なのだろうか？


アビ・ヴァールブルクという名のなにかが私を惹きつけた。

そこで私は、この一風変わった人物に関する書物をしらみつぶしに読んだ。

彼は裕福な跡取り息子で、一家の長男だったが、財産をすべて弟たちに譲る。

ただし、自分が欲しい書物はなんでも買ってもらうという条件つきで。

こうして前代未聞の蒐集家の蔵書がつくり上げられる。

彼は本の並べ方について独自の理論をいくつかもっていた。

とりわけ「よき隣人」についての。

探している本が必ずしも読むべき本とはかぎらない。

その隣に置いてある本も見るべきだ。


アビ・ヴァールブルクは何時間も本棚のあいだを歩きまわり、恍惚とした幸福に浸る。

正気と狂気の狭間で、蝶々にも話しかける。

もっとも、彼はその後何度も施設に収容されてしまう。

そこで彼はありとあらゆる医者を呼びつける。

そして自分が狂っていないことを証明しようとする。

もしあんたたちに証明できたら、おとなしく出ていかせてくれ！

一九二九年、ヴァールブルクの死後、彼の作品は信奉者たちのおかげで残されることになる。

なかでも筆頭はエルンスト・カッシーラーだ。

彼は迫り来る危険を察知し、図書館を守ることを決意する。

一九三三年、彼らは蔵書（ナチから逃がす本）をロンドンへ移す。

いまでもそこに、ウォバーン・スクエアにある。

私はたびたびそこを訪れる。


二〇〇四年七月、私は奨学金を得て文学の旅を決行する。

奨学金の名称は「ミッション・スタンダール」。

ハンブルクへ行って、ヴァールブルクの生家をどうしても訪問しなければならなかった。

もちろん、彼を題材にした本を書こうと思っていた。

だが同時に、私の心酔を現実と出会わせるためでもあった。
というのも、私は彼のことばかり考えていたからだ。
彼の人格、彼の生きていた時代、亡命した図書館の物語。
行けばきっとインスピレーションを得られると信じて、私は出かけた。
しかし、なにも起こらなかった。
私はいったいなにを期待していたのだろう？
もはやなにを探し求めて来たのかさえもわからなくなっていた。

私はますますドイツに魅了されていった。
そして言語に取り憑かれた。
キャスリーン・フェリアの歌うドイツ歌曲をよく聴いたものだ。
私の小説には、ドイツ語を話す登場人物がたびたび出てくる。
ドイツ語を教えたり翻訳したりするヒロインが何人かいる。
私はこのぼんやりとした直観にしたがって動いていた。
私が気に入る芸術家は、皆ドイツ人だった。
デザイナーでさえも、と言えばよくわかるだろう。
というのも、私は家具には本当に目がないのだ。
私はバウハウス様式のデスクに憧れを抱くようになった。
コンラン・ショップに行っては、買わずにただ眺めていたものだ。

ひとが靴を試し履きするように、引き出しを開けていた。
そしてベルリン——私はベルリンを好きになりはじめていた。
サヴィニー広場にあるカフェのテラスでよく何時間も過ごした。
あるいはこの地区の本屋で、美術書をぱらぱらとめくっていた。
私の心酔はどうやら流行に乗っていた。
たしかに、皆ベルリンが大好きだった。
そこで暮らしたいと思っている人たちが周りにたくさんいた。
でも私は、自分が流行に乗っているとは思わなかった。
むしろ、時代遅れで古めかしいような気がした。

そして、私はシャルロッテの作品と出会った。
まったくの偶然だった。
自分がなにを観に行くのか知らずに出かけたのだ。
ある美術館で働く女友達とランチの約束をしていた。
この展覧会は観るべきよ、と彼女は言った。
それしか言わなかった。
きっと気に入るわよ、とも言ったかもしれない。
だがはっきりとは覚えていない。
特に深く考えていなかった。

彼女は展示室へと私を案内した。
一瞬だった。
やっと探し求めていたものを見つけたという感覚。
私がそれまで魅了されていたものたちの、思いがけない終結。
あちこち徘徊していたおかげで、私は正しい場所にたどり着いた。
《人生？　それとも舞台？》を発見した瞬間、そのことがわかった。
私が好きだったものすべて。
何年も前から私を悩ませていたものすべて。
ヴァールブルクと絵画。
ドイツの作家たち。
音楽と幻想。
絶望と狂気。
すべてがそこにあった。
鮮やかな色彩の輝きのなかに。

誰かと出会った瞬間につたわる暗黙の了解。
すでにこの場所に来たことがあるという奇妙な感覚。
そうしたすべてを、シャルロッテの作品を目にして感じた。
私は自分がなにを見いだすのかをすでに知っていた。

私の隣に立っていた女友達が、どう、気に入った？　と訊いてきた。
返事ができなかった。
あまりにも感銘を受けていたのだ。
彼女は、私が興味を惹かれなかったと思っただろう。
その真逆なのに。
わからないな。
私は自分が感じていたことをどう表現したらよいのかわからなかった。

少し前に、私はたまたまジョナサン・サフラン・フォアの短いエッセイを読んだ。
この作家のことはよく知らない。
だが、私は彼に対してちょっと馬鹿馬鹿しい親近感を抱いている。
なぜなら、私たちはときどき本棚で隣に置かれるのだ。
われわれは可能な範囲で関係を築いている。
「よき隣人」理論のもうひとつのバージョン。
彼はシャルロッテを発見したときの衝撃を語っている。
アムステルダムでのことだ。
彼もまた、偶然見つけた。
その日にしていた大事な約束について書いている。

そしてその約束が、文字どおり記憶から抜け落ちていると。
私も同じ精神状態から抜け出した。
ほかのことはもうどうでもよくなってしまった。
こんなふうにすっかり心奪われるという感覚はきわめて稀だ。
私は占領された国だった。
この感覚にとって代わるものはなにもないまま、日々が過ぎていった。

何年にもわたって、私はメモをとった。
彼女の作品を絶えずじっくりと見返した。
他のいくつかの小説のなかで、シャルロッテの名前を出したり言及したりした。
この本を幾度も書こうとした。
だが、どうやって?
私自身を登場させるべきだろうか?
彼女の物語を小説にするべきだろうか?
私のこの執着はどんな形をとるべきだろう?
私は書きはじめ、試してみて、そしてやめる、をくりかえした。
二行より先を書くことができなかった。
ピリオドを書くごとに行き詰まりを感じた。
それ以上先に進めない。

それは肉体的な感覚、息苦しさだった。
呼吸するためには、一文書いたら次の行へ進む必要性を感じた。
だから、私はこのような形で書かなければならないのだと悟った。

第四部

1

今、シャルロッテの人生である重大な出来事が起こる。

その出来事とは、ひとりの男性だ。


アルフレート・ヴォルフゾーンがハンサムか醜いかは言いがたい。

答えようのない問いのような外見の人もいる。

ただわかるのは、目をそらせないということだけ。

彼がそこにいると、彼しか見えなくなる。


私がアルフレートを描写するために彼のことを調べているとき、彼は足早に歩いている。

汗をかきながら、ベルリンを大股で歩きまわっている。

病気の母親や、仕事に雇ってもらえない妹の世話をしなければならない。

しかしどこでお金を稼げる？

彼が歌の指導をすることは、もういかなる場所でも禁じられている。
「クルトゥアブント」、ユダヤ文化連盟しか残されていない。
クルト・ジンガーが創設した共済組織。
アルフレートを助けてくれるのはもう彼しかいない。

相変わらず遅刻して、アルフレートはジンガーの事務所にようやく足を踏み入れる。
彼はわけのわからない言い訳を口ごもりながらつぶやく。
興奮して腕を振りまわす。
大きすぎるコートのなかに腕は隠れているが。
こんな滑稽な登場の仕方にもかかわらず、ジンガーは真顔だ。
アルフレートが卓越した人物だからだ。
風変わりで気まぐれだが、才能に秀でている。
歌唱法の新たな理論をいくつも展開した。
自分のもっとも深いところに自分の声を探しに行かなければならない。
赤ん坊はなぜあんなに長い時間泣きつづけられるのか?
それも声帯を傷つけることなく。
その力の源まで遡らなくては。
私たちのなかに隠れているものへと向かう、途方もない没入。
このことはすべて同時に、死となんらかの関係があるのかもしれない。

アルフレートは魅力的だ。
人びとは彼を助けたい、救いたいとさえ思う。
クルトは熟考し、そしてひとつの解決策がぼんやりと浮かぶ。
偉大なる歌姫、パウラ・ザロモンにはもう指導者がいない。
ずっと前から一緒にやっていた教師が辞めたばかりだ。
その教師は不本意ながらも、協力関係を断った。
ほかに選択肢がなかったのだ。
このままユダヤ人と一緒に働きつづけていたら、脅威にさらされていた。
最後のレッスンは焼けつくような痛みを伴った。
ふたりは無言で、踊り場で別れた。

数日後、ドアの呼び鈴が鳴る。
クルト・ジンガーから派遣されてきた教師に違いない。
よかった、今度ばかりは時間どおりだ。
パウラはドアを開け、彼に入るように合図する。
コートを脱ぐよりも前に、光栄です、と彼は言う。
それも、こんにちはさえも言う前に。
この挨拶はパウラを喜ばせる。

賛辞を言われることは、このごろますます稀になっている。
もはや公の場で歌うことはほとんどない。
拍手を浴びる権利を奪われている。
それでも発声練習は続けておかなければ。
なぜならいつか戻ってくるから、必ず。

アルフレートはまっすぐピアノへと向かう。
まるで自分の家にいるかのように、パウラの前を行く。
ピアノに軽く触れて、そのときになってようやくコートを脱ぐ。
家の女主人であるパウラに顔を向け、まっすぐ目を見る。
一瞬の沈黙ののち、彼は独白を始める。
あなたは私を雇うべきだ、その必要がある。
あなたは昔のほうがうまく歌えていた、歌い始めの頃のほうが。
成功が当たり前になってしまって、あなたを麻痺させてしまったのだろう。
あなたが最後に出したレコードはひどく機械的だ。
率直に言うが、魂がこもっていない。
あなたはすごい才能の持ち主だが、もっと上にいける。
私はあなたを世界一の歌姫にしてみせる。
私のメソッドは革新的だ、見ててごらんなさい。

というか、聞いてごらんなさい。

唖然とするパウラに向かって、アルフレートは何分間も喋りつづける。
なぜ厚かましくもこんなことが言えるのかしら？
どうして不意にやってきてべらべら喋ることができるの？
とはいえ、彼が完全に間違っているともいえない。
パウラは自分と音楽の関係があまりに感情的でなくなってしまったと感じる。
なにが起きたのだろう？
政治情勢のせいかしら？
それとも数多の成功のせいですべて麻痺してしまったの？
この人は自分を助けに来てくれたはずなのに、うろたえてしまう。
もう長いこと、自分にこれほど多くの真実をぶつけてくる人などいなかった。

アルフレートは大きな賭けに出る。
自分はなんとしても職が欲しい。
こんなことをパウラに言うなんて傲慢な行為だ。
追い出されるかもしれない。
彼女をこんなふうに批判するなんて、いったいおまえは何様だ？
アルフレートは居間を大股で歩きまわりながら話しつづける。

両手を背中の後ろで組んで。
彼はいつ話すのをやめるのだろう？
パウラは彼を遮って、あなたのお話はわかりました、と言いたい。
言いたいが、それができない。
アルフレートは何世紀分もの言葉を解き放っているようだ。
まだ自分に託されたわけでもないのに、もうこれが自分の任務だと思っている。
パウラは反発すべきではないと悟る。
この人は、不器用ではあるけれど、自分のためを思ってくれている。
彼は、自らの信条を彼女に教えること、ただそれだけを望んでいる。

とうとうパウラは、彼に口をつぐむようにと手を挙げて合図する。
だがそれも虚しく、彼は延々と喋りつづける。
パウラは彼が話すことを全部は理解していない。
どうやらバッハにまつわる話を語っている最中らしい。
やっと、アルフレートはパウラが挙げている手に気づく。
そして即座に、話すのをやめる。
パウラはいま聞いた話にすっかり疲れ果てている。
それでも、明日の朝からよろしくお願いします、と言うだけの力はある。
十時にここでお待ちしております。

2

こうして強烈な関係が始まる。
毎朝、ふたりはピアノを囲む。
そのあいだ、アルベルトは患者を診ている。
そしてシャルロッテは自分自身を描いている。
美術学校で自画像を学んでいるのだ。

いまやアルフレートがパウラにとって真の楽しみとなる。
彼は魅力的で、エキセントリックで、信じられないほど博学だ。
ふたりは何時間も話しこむ。
アルフレートはオルフェウスの神話に夢中だ。
しかも、それをテーマにした本を執筆中だ。
彼は絶えず冥府下りについて考えている。
人は混沌の状態からどうやって戻れるのだろう?
彼の強迫観念を理解するには、彼の過去を遡らなければならない。

十八歳になってまもなく、アルフレートは前線へと旅立つ。
逃げ出し、消えてしまいたいが、かなわない。
男の人生というのは兵士の人生だ。
そのなかでも最悪の人生に彼は直面する。
恐怖と出会う。
霧のなかに立ちすくみ、道を引き返すことは許されない。
脱走兵は全員銃殺される。
雲がこんなにも低いところにある。
掘りかえされた大地は、腐敗した死体の臭いを放っている。
見渡すかぎり荒廃した大地が広がる。
オットー・ディクスと同様、アルフレートもこれは「悪魔の作品」だと思う。

アルフレートのいる連隊が攻撃され、殲滅させられる。
周囲にはそこらじゅうに痛めつけられた死体が転がっている。
アルフレートも当然死んだ。
と思ったが、彼のなかで何かがまだ打ちつづけている。
彼の体の奥底に隠れている心臓に違いない。
耳が痛い。
爆発で鼓膜が破れたのだ。

それでも、誰かが呼んでいるような気がする。
それともうめき声だろうか？
アルフレートは目を開ける——やっぱり生きているのだ。
近くで死にかけている兵士に気づく。
助けを乞うている。
そのとき、アルフレートは人の気配を感じる。
自分たちに向かって進軍してくるフランス兵だ。
おそらく生存者にとどめを刺そうと探しに来たのだ。
他の兵士を助けている場合ではない。
助けられない。
不可能だ。
このまま彼を残していくほかない。
確実な死に向かわせて。
アルフレートは一体の死骸の下に潜りこむ。
そして息を止める。

その状態のまま、どれくらいの時間が経っただろうか？
わからない。
最後にパトロール隊が負傷者たちを連れていく。

アルフレートはもうなにも覚えていない。
ベルリンへ送還されても、母親のことさえわからない。
そのまま一年が過ぎる。
彼にとって一九一九年は存在しない。
もはや話すこともできず、サナトリウムでの生活を余儀なくされる。
人生が破滅した仲間たちとともに。
数か月が過ぎ、その地獄を忘れて前に進まなければならない。
なによりも振り向いてはならない、オルフェウスのように。

闇のまっただなかで、そのときあるメロディーが聞こえる。
最初はほとんど聞こえない。
彼の声が回復する。
彼はそっと歌い出す。
かつてないほどに彼の人生と音楽がつながる。
かくしてアルフレートは歌の世界に身を投じる——生きるために。
死ぬために水中に身を投げるように。

3

アルフレートのもとで、パウラは上達していると実感する。

なにもかも彼の指導するとおりに従う。

ときにはこき下ろされることもある。

彼は歌の途中で止めることがある。

そしてテンポが違うと罵る。

するとパウラは大きな声で笑い出す。

アルフレートは自分の任務に心血を注いでいる。

彼が感じていることをどんな言葉にすればいいだろう?

しかるべき場所にいると感じている、とでも言えるだろうか。

なにかが彼をここにとどめる。

本当のことを言うと、彼は恋に落ちていた。

情熱的な手紙を何度かパウラに書いている。

ねえ、冗談はよして。

あなたはわたしと一緒にいることが好きなのであって、わたしのことが好きなわけではないわ。

パウラの言うとおりかもしれない。

アルフレートはただ、自分の心臓の鼓動を感じるのが幸せなのだ。

その日、シャルロッテは予定よりも早く帰宅する。
噂の歌の先生に会ってみたかったのだ。
先生も生徒も、シャルロッテが帰ってきたことに気づかない。
興奮しきったアルフレートのほうを向いて、パウラが奇妙な叫び声を上げている。
アルフレートは天井を触ろうとでもしているかのように、腕を高く上げている。
シャルロッテはびっくりする。
もっと、もっと、もっと！　とアルフレートは声を荒げる。
パウラの叫び声はもはや甲高すぎて聞こえないほどだ。
シャルロッテは両手で耳をふさぐ。
彼女は姿を見せようとも、自分がいることをふたりに知らせようとも思わない。
だがパウラが不意にシャルロッテに気づき、叫ぶのをやめる。
あら、わたしのロッテよ。
ほら、こっちへいらっしゃい。
もっとこっちへいらっしゃい、ヴォルフゾーン先生に紹介するから。
アルフレートです、アルフレートと呼んでください、さあ。
シャルロッテはゆっくりと近づく。
あまりにもゆっくりなので、少しも動いていないかのようだ。

4

レッスンが終わり、アルフレートがシャルロッテの部屋に入ってくる。
彼女は机に向かって絵を描いているが、彼が入ってくると手を止める。
アルフレートは部屋を隅から隅まで観察する。
すると、美術学校に通っているんですか？
はい。

はい――それがこの男性に向けて最初に口にした言葉だ。

アルフレートは質問を浴びせはじめる。
どんな画家が好きですか？
好きな色はありますか？
ルネサンスは好きですか？
退廃芸術家たちを支持しますか？
映画にはよく行きますか？
あまりにも早口で話すので、言葉が口のなかで重なり合う。
シャルロッテは混乱し、答えがごちゃ混ぜになってしまう。

『メトロポリス』を観たことがあるかという質問に対して、「薄紫色」と答える。
今度はパウラが部屋に入ってくる。
さあさあヴォルフゾーンさん、この子のことはそっとしておいてあげてくださいな。
実の娘のように可愛がっているこの子を、困らせないでください。
困ってないわ、とシャルロッテは答える。
シャルロッテがこんなふうに応対するなんてめずらしい。
普段は、人びとを迷ったままにさせておくのに。
彼女の思考と発した言葉のはざまで。
パウラは驚く。
まさか嫉妬しているの？
そんなはずはない、アルフレートに恋していないもの。
むしろ、彼がシャルロッテに興味をもつのはいいことだわ。
この子はほとんど人に会わないんだもの。
デッサンばかりして、修道女同然に引きこもっている。
そこでパウラはふたりを残して部屋を出る。
アルフレートはシャルロッテの素描をじっと眺める。
シャルロッテは恐怖に襲われる。

体が震える、といっても内側で。
あなたには普通以上の才能がありますね。
少し弱いとも思える褒め言葉だ。
だがシャルロッテは励ましの言葉として受け取る。
アルフレートは彼女の部屋のなかを注意深く見まわす。
そして一枚のデッサンに目をとめる。
ここであなたはなにを表現しているんですか？
これはマティアス・クラウディウスの詩から着想を得たんです。
ええと、シューベルトの台本にある詩なんですけど。
『死と乙女』を描きました。
アルフレートは動揺しているようだ。
そしてただこう言う——死と乙女、私たちのことですね。

シャルロッテは乙女の言葉を優しく口にする。

あっちへ行って！　ああ！　あっちへ行って！
わたしから遠く離れて、残酷な死神よ。
わたしはまだ若いの、ほうっておいて。
わたしにさわらないで。

するとアルフレートが死神の台詞で応じる。
おまえの手を貸しなさい、美しく優しい少女よ。
私はおまえの味方としてやってきたのだ、罰するためではない。
勇気を出して、私は残酷ではない。
私の腕のなかで安らかに眠れ。

二人はつかのま沈黙する。
それから、なにも言わずにアルフレートは部屋を出る。
シャルロッテは立ち上がり、窓辺へ行く。
一分後、通りに先生が出てくるのが見える。
ふりかえってわたしを見るかしら？
まさか、そんな馬鹿げたことがあるわけない。
もうわたしのことなど忘れてしまっている。
ああやって入ってきたのは、挨拶をしに来ただけだ。
礼儀として。
わたしの絵を見る彼の目もそうだったの？
ただ単に社交辞令の時間。

それでも彼は誠実そうだった。
わからない、もうなにもわからない。

彼女は部屋の窓から、通りを歩くアルフレートが遠ざかっていくのを眺める。
彼はふりかえることなく、どんどん小さくなっていく。
シャルロッテは彼の姿が見えなくなるまで目で追おうとする。
歩きながら、アルフレートは頭を動かしている。
自分自身と対話しているかのように。

5

美術学校を出て、シャルロッテも足早に歩く。
バルバラは彼女を引きとめようとするが、徒労に終わる。
ひとり残されたバルバラは悲しくなる。
いつもは、シャルロッテがよい聞き役になってくれていた。
シャルロッテの耳は、打ち明け話を聞いてもらうにはうってつけの井戸だった。
バルバラはクラウスと交わしたキスの話まですべて語って聞かせる。
だがいまは彼女はどこか違和感を覚える。

シャルロッテの人生は不運に見えるかもしれないが、ときどきうらやましくなることがある。

彼女にはなにか人の心を動かす力がある。

寡黙さゆえのカリスマ性だろうか？

あるいは社会から排除された者たちが放つ悲しみの力だろうか？

バルバラはすべてを持っている、シャルロッテが持っているもの以外は。

そこで、彼女はシャルロッテを追って走り出す。

だがシャルロッテの姿はすでに見えなくなっている。


できるかぎり、シャルロッテはアルフレートに会おうとする。

家に着くのが遅くなってタイミングを逃すと、ベッドにくずおれてしまう。

彼がシャルロッテの部屋に入ってきて以来ずっと彼に支配されているような気がする。

彼のまなざしの力に支配されているような。

シャルロッテは彼に褒めてもらうために、彼のために描く。

自分が愚か者だと感じる。

すでにあれから何度か彼に会っている。

彼はニコッと微笑むだけ。

ふたたび彼女に関心を示すことはない。

彼女に対する彼の興味は一日しか続かなかったのだろうか？

これらすべてのことにはある一貫性があるのかもしれない。

国全体があなたを見棄てるというのに、ひとりの男性になにを望めるというのだろうか?

シャルロッテが諦めていたところへ、アルフレートがふたたび現れる。

ノックもせずに、部屋のなかに入ってくる。

シャルロッテは顔を上げる。

お邪魔ではないですか?

いえ、いえ、ぼうっとしていました。

ひとつ提案があるんですが、と彼は間髪入れずに言う。

声色は真剣で、ほとんど威圧的だ。

シャルロッテは目を大きく見開く。

ええと、言いにくいんだけれど、と彼は話しはじめる。

原稿を書いたんだ……なんというか……ごく私的な。

そう、この本は私のことしか語っていない。

どんな芸術作品も作者のことを打ち明ける必要があると私は思うんだ。

といっても、フィクションに反対するわけではまったくないのだが。

でもこれはすべてただの気晴らしだ。

そしてひとは気晴らしを必要とする。

そうやって真実を見ないようにしている。

まあ、それは別にどうでもいい話だが。

私たちは無秩序の意味を知っている。
そしてそれ以上に大切なことはない、わかるかな？
混沌にふさわしい時を決めるのは私たちだ。
そしてもちろん、死の時を決めるのも私たちだ。
途方もないことをする自由がまだ私に残されている。
あなたにもね、そうでしょう？

あなたは私を失望させないと思う。
大いなる希望をあなたに託そう。

ここまで話してアルフレートは一息つく。
彼の頼みはなんでも、シャルロッテは聞き入れるだろう。
彼がそこにいるだけで、あらゆる瞬間が強烈になる。
きみに私の小説の挿絵を描いてほしいんだ、と彼はついに口にする。
急に「きみ」と呼んだ。
返事も待たずに、彼はかばんを手にとる。
そして走り書きされた紙の束を取り出す。
シャルロッテはそっと原稿をつかむ。
そして最初の何行かにさっと目を通す。

彼女が目を上げると、彼はもういなくなっている。

6

シャルロッテはアルフレートの原稿を何度も読み返す。
本のキーワードをいくつか手帳に書きとめる。
その物語は、彼が死体の下で過ごした時間を描写している。
人は強迫観念からはどうしたって逃れられない。
数多の場面が暗闇からあふれ出ているようだ。
シャルロッテは恐怖の表現に美しさを見いだす。
自分もつねに恐怖にさらされているのではないか?
歩くとき、話すとき、呼吸するとき。
彼女は公園やプールに入るのを禁じられている。
彼女の住む街全体が戦場と化している。
彼女の血族にとっては監獄だ。
シャルロッテはスケッチから始める。
何時間、何日間、何夜ものあいだ。

ほかのことはすべてそっちのけで取りかかる。
なにがなんでもアルフレートの信頼に応えたいと思う。
アルフレートはシャルロッテと会う約束をする。
二週間後、駅の近くのカフェで。
こうしてパウラの知らないところでふたりは会う。

その日がやってきて、シャルロッテは薄く口紅をひく。
アルフレートはからかうだろうか？
わたしが女性らしくなろうとしているのを。
悩んだ末、唇を拭う。
だがやはりもう一度化粧をし直す。
彼女はどうすればいいのかわからない。
男性に美しいと思ってもらうために。
誰かに見られるなんてことはこれまでなかった。
というよりむしろ、自分自身が気にしたことがない。
バルバラに、恋人のクラウスがシャルロッテのことを可愛いと言っていると言われた。
いや違う、可愛いとは言っていない。
彼は、シャルロッテの顔には力がみなぎっていると言っていた。
それってどういう意味かしら？

この青年にとって、それは褒め言葉だ。
彼は、バルバラは綺麗だけれど、個性がないと思っている。
でもシャルロッテはクラウスのことなどどうでもいい。
アルフレートに気に入ってもらう、それしか望んでいない。

シャルロッテは中央駅近くのカフェで彼を待つ。
ここで待ち合わせするのは、ふたりにとっては法に背く行為だ。
テーブルに着き、彼女は大時計をじっと見つめる。
時間になってもアルフレートは来ない。
忘れてしまったのかな？
わたしが日にちを間違えたの？
彼が来ないなんてことはありえない。
アルフレートは予定の時刻より三十分遅れて、ようやく現れる。
そして足早にシャルロッテのほうに向かってくる。
きょろきょろ探すこともなく。
彼女がどこにいるのか、まるで直観的にわかっていたかのようだ。
そうして席に着くやいなや、彼はもう話しはじめている。
ひょっとすると彼の話は少し前から始まっていたのかもしれない。
アルフレートは手を挙げてビールを注文する。

シャルロッテは彼が現れて呆然とする。
彼は頭を右に、左にと回す。
シャルロッテ以外のものすべてに引きつけられているみたいに。

ウェイターが飲み物を運んでくると、たちまち彼はそれを飲み干す。
一気に、口に含む間に息を継ぐこともなく。
それからやっと、遅刻したことを詫びる。
シャルロッテは大丈夫よと言う。
だが彼は聞いていない。
カフカについて話しはじめる。
そうやって、カフカは突然頭角を現したんだ。
私はきみに伝えたかったんだ、シャルロッテ、私のひらめきを。
カフカの作品はすべて驚きの上に成り立っているんだ。
それが彼の主要なテーマなのさ。
彼の本を注意深く読んだら、驚きを見いだすよ。
変身の、逮捕されることの、自分自身に対する驚きをね。
シャルロッテはなんと答えたらよいのかわからない。
彼女は前もってなにを話すか考え、本の分析も用意していた。
アルフレートの小説について話すには準備万端だった。

ただしカフカについては違う。
カフカのこととなると、まったく言葉が出てこない。

幸いにも、アルフレートは絵を見せてほしいと言う。
シャルロッテは画用紙の詰まった大きな画板を取り出す。
アルフレートは彼女がこなした仕事量を目にして驚く。
この子は私のことが好きなんだな、と思う。
そのことにいくらか満足感を覚えたかもしれない。
だが今日は、なにかがそれを押し殺す。
気分が乗らない。
単純に、いまがそのときではないのだ。
アルフレートはシャルロッテの作品にさっと目を通す。
それから、いまは意見を述べる時間がないと言う。
彼のやり方は侮辱的だ。
なぜそんな態度をとったのだろう?
いつもはあんなに優しくて親切なのに。
彼は立ち上がり、もう行かなくては、と言う。
帰りがけに画板をつかむ。
シャルロッテには自分も立ち上がろうと考える暇さえもない。

彼はあっという間に立ち去ってしまう。
もう終わってしまった。
それを待ち合わせと呼ぶことさえできなかった。

シャルロッテはひとり残され、茫然とする。
よろよろとカフェをあとにする。
ベルリンはもうとても寒い。
どこへ行けばいいのだろう?
もうなにもわからない。
視界がぼやける。
目にたまった涙のせいで。
橋から飛び込むこともできた。
そして凍てつく水のなかで死ぬ。
彼女の悲しみは病的な欲動へと変わる。
死ぬ、できるだけ早く死ぬ必要がある。
すると突然、ある奇妙な感情に襲われる。
自分の絵に対するアルフレートの感想を聞かないと。
彼を恨むこともできたが、やめる。
自分の人生よりも彼の意見のほうがまだ大事なのだ。

7

いっこうに連絡のないまま何日も過ぎる。
シャルロッテはパウラに、次のレッスンがいつかと訊くこともできない。
おとなしく待つしかない。
いずれにせよ、アルフレートは戻ってくる。
帰路は彼が一番好きな道程だ。

ついに、彼はやってくる。
シャルロッテが自宅に入ると、パウラが歌っているのが聞こえてくる。
彼女はふたりの邪魔をしないように、静かに居間を横切る。
でも気づかれる程度にゆっくりと。
幸福の瞬間が彼女を記憶喪失にさせる。
カフェでの失望をすっかり忘れてしまう。
いまやアルフレートとまた会えることの恍惚しか存在しない。
自分の部屋に行ってベッドに座り、従順な娘は期待しながら待つ。

アルフレートは彼女の部屋のドアを開ける。
いつものように、ノックせずに。
ふたりの間に境界はない。
謝りたいんだ、と彼は即座に言う。
あの日の自分の乱暴な態度のことで。
シャルロッテは大丈夫よと返事をしたいが、できない。

私にはなにも期待しないでくれ。
わかったかい?
シャルロッテはそっと頷く。
急き立てられると、なにも応えられなくなってしまう。
どこかで待たれていると考えるだけで耐えられないんだ。
自由というのが生き残る者たちのスローガンだ。
アルフレートはシャルロッテの頬に手をあてる。
そして、ありがとう、と言う。
きみの絵をありがとう。
どれも素朴で、曖昧で、未完成だ。
でも、きみの絵の可能性を力強く感じられるところが好きだ。
見ているときみの声が聞こえてくるところが好きだ。

ある種の喪失や不確かさも感じた。
かすかに狂気の影も感じたかもしれない。
優しく、従順で、おとなしくて礼儀正しいが、実在する狂気。
以上だ。
それだけきみに伝えたかった。
私たちふたりの、とても美しいものの始まりだね。

アルフレートはシャルロッテの手を握り、出ていく。
彼にはシャルロッテが自分をすべてさらけ出したということがわかっていた。
初めて、彼女の絵は語られるべくして語られた。
彼女は作品を演じたのではなく、生きたのだ。
この瞬間が、若いシャルロッテにとって要《かなめ》となる。
好きな人が自分の熱狂を言葉にしてくれたのだ。
今しがたの出来事に、シャルロッテは陶酔する。
どこへ向かうべきか、いま彼女は悟る。
憎悪からどこに隠れ、避難すればいいのかがわかる。
自分は芸術家なのだと感じていることを認めることができるだろうか？
芸術家。
この言葉をくりかえす。

実際に定義することはできないが。
そんなことはどうでもいい。
言葉には必ずしも行き先が必要とはかぎらない。
感覚の境界でとどまらせておいてもいい。
そして曖昧な空間を頭なしにさまようのだ。
それこそが芸術家の特権だ——混乱のなかを生きることこそが。

シャルロッテは部屋のなかをぐるぐる歩きまわる。
ベッドに飛び乗り、馬鹿みたいに笑う。
いまこの瞬間、自分の未来が想像を絶するものに思える。
極端さが彼女を捉える。
熱という形でもって。
本当に熱を出す。
シャルロッテは高熱を出す。
その夜、父親はひどく心配する。
娘の熱を測る。
そして、彼女の脈拍が不規則であることに気づく。
そこで父親はシャルロッテに山ほど質問をする。
薄着で出かけたのか?

ううん。
へんなものでも食べたのか？
ううん。
いらいらしているのか？
ううん。
誰かに侮辱されたのか？
いいえ、パパ。

シャルロッテは、気分がよくなったと言って父親を安心させる。
ちょっとおかしくなっただけで、もう大丈夫。
ほっとして、父親は娘を抱きしめる。
そしてもうすっかり熱がひいたことに気づく。
それにしても、なんて不思議な現象だろう。
父親が行ってしまうと、シャルロッテは眠れなくなる。
彼女だけが体の内側でなにが起こったのかをはっきりとわかっている。

8

シャルロッテはアルフレートを感嘆させたいと思う、それはたしかだ。
だが彼女の希望はそう単純ではない。
その力強い感情のあと、ふたたび疑念が生じる。
そして自分を卑下しながら日々を過ごすのだ。
本当に興味を引かせることなどできないと思ってしまう。
彼はきっとわたしが平凡な人間だと気づくに違いない。
そうなることは目に見えている。
彼は光るまなざしで彼女を見るだろう。
そして彼女のペテンの仮面を剥いで大声で笑うだろう。

シャルロッテは毛布の下に隠れたいと思う。
急に、彼の励ましの言葉が恐怖と化す。
アルフレートに再会することをひどく恐れる。
彼に会うということは、彼を失望させる危険を冒すということ。
そうしたら彼はわたしを見棄てるだろう、わかりきっている。
それゆえシャルロッテは苦しむことになる。

それほど恐れている。
恋をするとこうなるの？

次にアルフレートに会うとき、シャルロッテはあまり話したい気分ではない。
体のなかには話したいことがたくさん詰まっている。
きみのまわりには防壁が張られているみたいだね、と彼は言う。
そこで、アルフレートはシャルロッテを笑わせようとする。
馬鹿げたこと、奇妙奇天烈なこと、とっぴなこと、ありとあらゆることを試す。
シャルロッテはかすかに微笑む。
緊張のなかの裂け目。
彼女を楽しませようとする人などもう誰もいない。
何年も前から、陰気な空気が流れている。
毎晩、父親はその日に受けた屈辱の数々を懸命に隠す。
パウラは自分のキャリアについて考えているふりをする。
ふたたび旅ができる日のことを夢見るふりをする。
アルフレートはふたりとはまったく違う。
どこでもない場所から出てきた男だ。
一九三八年を生きていたとは思えない。

またしても、アルフレートはシャルロッテとカフェで会う約束をする。
禁じられている行為に挑むのはこれで二度目だ。
彼らはそこにいることを許されていない、だがそれがどうした？
奇妙な場所だ。
何匹もの猫がテーブルのあいだを歩きまわる。
そして客の脚に体をすり寄せる。
白昼夢のような雰囲気が漂っている。
そこここで吸われている葉巻のせいで、濃い煙に覆われているのだ。
ここにいる猫はみんな知っているんだ、とアルフレートは話す。
作曲家の名前をそれぞれにつけたんだよ。
あそこにいるのが小さなマーラー、あとあれは太っちょのバッハ。
ほら、あのごろごろ言っているのがヴィヴァルディ。
それからもちろん、私のお気に入りがいる。
これがベートーヴェン。
やってみたらわかるけど、こいつはまるで耳が聞こえないんだ。
ミルクをあげるよって名前を呼んでみてごらん、振り向かないから。
シャルロッテは、ちょっと当惑しながらも、その猫を振り向かせようとしてみる。
なにをしてもだめだ、こっちを見ない。
ベートーヴェンは眠たげにまばたきする。

アルフレートは猫を人間になぞらえつづける。
そのついでに、またシューベルトの話をする。
ふたりは『死と乙女』をふたたび話題にする。
この歌曲が、ふたりとも同じように頭から離れないのだ。
アルフレートはシューベルトの人生について滔々と語りはじめる。
知ってるかい？　シューベルトはあまり女運に恵まれなかったんだ。
小柄で、自分は醜いと思っていた。
あれだけの作品を残したのに、セックスのことはほとんど知らなかった。
ほとんど童貞のまま死んだんだよ。
彼の曲を聴いていると、ときどきそれが感じられる。
ハンガリー風のメロディーは童貞の音楽だ。
シューベルトの作品には肉体がない。
そうして彼はひとりの娼婦と寝た。
それで病気をうつされて死んでしまうんだが。
死の苦しみは何年にも及んだ。
かわいそうなシューベルト、そう思わないかい？
それでも、彼は自分と同じ名の猫をもつのさ。
これも少なからず一種の子孫なんだよ。

シャルロッテはぼんやりとする。
もちろん、シューベルトのことを考えている。
だが彼女の心をかきたてているのはもっと個人的な問いだ。
それであなたは？
私がどうだって？
アルフレート、あなたは女性をたくさん知ってきたの？
女性ね……
うん、何人か知るということはあったよ。
そんなふうにアルフレートは答える。
はぐらかすような感じで。
だがすぐに、突然言い直す。
うん、複数の女性を知ったよ。
具体的な人数を言うことはできないが。
でも、どの人も私にとっては大切だった。
取るに足らないということはない。
私の目の前にいる裸の女性。
口を開けている女性。
どの女性も私は大切にした。

つかのまの関係だった人も含めてね。

9

シャルロッテはほかの一切のことを忘れている。
親の心配さえも。

家に帰ると、父親が居間で娘の帰りを待っている。
彼はほっとするだろうか、それとも激怒するだろうか。
きっと両方が入り混じっている。
しばらくして、アルベルトは大声で怒鳴り出す。
どこに行ってたんだ?!
お父さんたちのことを少しでも考えないのか?
どれだけ心配して、どれだけ絶望したと思ってるのか?
シャルロッテはうつむく。
夜はなにが起きるかわからないことを彼女も知っている。
補導されるようなことがあれば、連行されてしまうかもしれない。
ぶたれ、拷問され、暴行され、殺されるかもしれない。

シャルロッテは謝るが、泣きはしない。
ぼんやりしていたの、と口ごもりながら言うだけだ。
それが最初に思いついた言い訳だ。
パウラが近寄ってきて、この状況を和らげようとする。
もう二度とわたしたちにこんな真似はしないでね、と彼女は言う。
ぼんやりしたいなら、家に帰ってからしなさい。

シャルロッテは、気をつけます、と約束する。
だが若い娘にとって、こんなのは人生ではない。
二十一歳なのだ、もっと自由になりたい。
事前に計画を立てなければ息を吸うことすらできない。
思いつきの行動は一切禁止されている。
でも実際、今夜はそんなことはどうでもいい。
シャルロッテは幸せだ。
彼が一緒にいるかぎり、牢獄のなかでも生きていける。
父親にキスしながら、彼女の顔に笑みが浮かぶ。
シャルロッテの顔が光り輝く。
大声で笑い出しそうになるのを必死にこらえる。

パウラはシャルロッテを見て、わけがわからなくなる。
こんなシャルロッテを見るのは初めてだ。
いつもは、あんなにむっつりしているのに。
二分前は泣きそうになっていたのに。
心から詫びていた。
それがいまは一転して、こんなに微笑んでいる。

ごめんなさい。
ごめんなさい、とシャルロッテは自分の部屋へと駆け出しながらくりかえす。
パウラとアルベルトは互いに顔を見合わせ、用心深くなる。
不安がるとは言わないまでも。
なにしろ、狂気がこの一家の血に流れているのだから。

10

数日後、ふたりはヴァンゼーでふたたび落ち合う。
ベルリンにある魅惑の場所で、三つの湖がある。
曇り空のせいで人がいない。

このとき、彼らはふたりきりだ。
おまけにシャルロッテは自由だ。
今回は、両親にちゃんと行き先を告げておいた――バルバラの家に行く、と。

ふたりは座ることを禁じられているベンチに座る。
体で注意書きを隠す。
ヌア・フュア・アーリア――アーリア人専用。
アルフレートと一緒だと、シャルロッテはなんでもできる気がする。
わたしはもうこの時代に耐えられない、と彼女は言う。
いつまでも終わらないように思えるこの時代に。

彼らが座っているベンチから数メートル離れたところに、マルリエ荘がある。
この屋敷の美しさと優雅さにふたりは見とれる。
一九四二年一月二十日、ナチの政府高官がここで集まることになる。
ラインハルト・ハイドリヒが招集した、ある任務に関する小さな会議のために。
歴史家はこれを「ヴァンゼー会議」と呼ぶ。
二時間で、「ユダヤ人問題の最終的解決」の機構が入念に仕上げられる。
根絶の方法。
よろしい、これですべて整った。

諸君、ご苦労だった。
それでは応接間のほうでくつろごうではないか。
上等なコニャックが振る舞われる。
彼らはそれを達成感とともに味わう。

こんにち、会議に出席した者たちは写真のなかで凍りついている。
彼らは死なない――いやむしろ、決して忘れられてはならない。
別荘は記念館となった。
二〇〇四年七月、私は照りつける太陽の下、この記念館を訪れた。
恐怖のなかを歩くことができる。
会議が行なわれた長テーブルにはぞっとする。
物も犯罪に加担したかのようだ。
この場所は永久に恐怖に覆われている。
「背筋が凍る」とは、まさにこのことだ。
私はそれまでこの表現がいまいち理解できなかった。
尖った氷の指先の物理的な出現。
それが脊柱をなぞるのだ。

11

アルフレートはシャルロッテの手をとる。

ボートに乗ろうか。

でも雨が降りそうよ、と彼女は言う。

だから？

ドイツで雨がそんなに危険なのか？

ふたりは小さなボートに乗りこむ。

そして流れるままに大きな湖の上を漂う。

部屋の薄暗がりのように空が暗くなる。

シャルロッテは横たわる。

すると水の動きがいっそう心地よく感じられる。

ずっとこのまま、流されるままでいられる。

横たわるシャルロッテを見て、アルフレートはミケランジェロのある作品を思い起こす。

《夜》という題名の彫刻だ。

ひとつの理想が彼の目の前にいる。

雷が鳴り出す。

世界は雷で浄化される、と彼は言う。

そしてシャルロッテに近づき、キスをする。

キスに夢中で、ふたりには聞こえていない。
ひとりの男の人が戻ってくるようにと叫んでいるのを。
この大雨のなか、まだ出ているなんて、あいつらおかしいのか。
ようやくふたりは現実に戻る。
ボートには水がいっぱい溜まっている。
早く岸に戻らないと。
シャルロッテは手で水をすくい出そうとする。
そしてアルフレートはボートを漕ぐ。
ふたりはどうにか岸にたどり着く。
そして笑いながらボートから降りる。
ボートの持ち主に驚きの目で見られながら。
そうして走って公園をあとにする。
雨がふたりを逃亡者に変える。

12

シャルロッテはアルフレートの家に行くことに同意する。
ずぶ濡れになって、ふたりは貧相な家のなかに入る。
部屋の装飾などどうでもいい。
床には本が積まれている。
アルフレートは、風邪をひくから服を脱いだほうがいいと言う。
彼女は深く考えずに、言われたとおりにする。

怖いだろうと思っていたのに、実際はその逆だ。
欲望が高まるにつれて、より大胆になるのを感じる。
シャルロッテ、と彼が口にする。
何度も。
アルフレートの口のなかに自分の名前があるのが嬉しい。
もう一度、シャルロッテ。
彼女は裸で立っている。
アルフレートは彼女の体に上から下へとキスを浴びせる。

優しさと苦悩の間で、迷いながら唇を這わせる。
それでも、彼の狂ったような彷徨は実に的確だ。
すでに彼女はかすかな官能のうねりを覚えている。
そう、そう、とあえぎながら、シャルロッテは身を反らせる。
アルフレート、愛しい人。

今度はアルフレートが服を脱ぐ。
それからふたりはベッドへ向かう。
彼らはひとつの世界から別の世界へと移動した。
徐々にではなく、いきなり。
不確かだったこともすべて明らかになる。
ふたりは抱き合い、激しく求め合う。
牙をむく欲望。
アルフレートは、自分に身を投げ出す裸の若い娘をじっと見つめる。
人生に平手打ちを食らわされたその証を。
彼は話し、夢を見、歌い、書き、創造し、死ぬこともできる。
だが苦しむに値するのはこの瞬間だけだ。
無垢を装った悪徳。
ほかのことはどうでもいい。

アルフレートはこのことを二重の意味で知っている。
彼はひとりの芸術家であると同時に、ひとりの男だった。
シャルロッテは自分が強いと思っていたのに、打ちのめされてしまう。
体が震え出す。
顔が曇る。
過去が彼女を置き去りにする。
今というこの瞬間の絶対的な主導権におびえて。
それでもいっそう力を振り絞って、彼女は身を任せる。
彼女の幸福が命じるままに。

第五部

1

一九三八年は同時に崩壊の年でもある。

シャルロッテの最後の望みが砕け散ることになる。

耐えがたい屈辱が彼女を待っている。


毎年春になると、美術学校ではコンクールが開催される。

ある決められたテーマに基づいて、学生たちはそれぞれの作品を制作する。

一年のうち、もっとも輝かしい時。

賞と栄誉が与えられる時なのだ。

ルートヴィヒ・バルトニングは、ますますシャルロッテに感嘆の念を抱くようになっている。

彼女を入学させるために闘ってよかったと思う。

この数か月、彼女は飛躍的に進歩している。

技術面の問題ではない。

もちろん、彼女のデッサンはより洗練され、はっきりしつつある。
しかしそれよりも、彼は自分の秘蔵っ子の自在さに胸を打たれる。
彼女はどんな課題も、自分の声を形にする作品に変えてしまう。
ユニークで、変わっていて、詩的で、熱を帯びている。
彼女のデッサンは彼女自身を語っている。
一見しただけでは彼女の力はわからない。
彼女らしさはどこかに、色彩に守られて隠れている。
それでもルートヴィヒはそれに気づく。
こんなのはここ何年も見たことがない。
彼以外、誰も知らない。
学生たちのなかにひとりの天才がいることを。

コンクールはつねに匿名で行なわれる。
賞を与える作品が決まって初めて、作者が誰かが明かされる。
教授陣が集まってテーブルを囲む。
満場一致で、一枚の絵が選ばれる。
こんなに早く決まるのは初めてのことだ。
いつもこの瞬間が興奮する。
皆それぞれ見当をつける。

何人かの名前が挙がる。
だがいずれにせよ、誰も実際にはわからない。
この勝者は自分の痕跡を隠している。
この描き方をする学生が誰だかわかる者はいない。
作者が誰かを発表する時間になる。
デッサンと一緒に、一枚の封筒がある。
その封筒を開けた教授は沈黙する。
ほかの教授たちが体を乗り出して訊ねる――それで？
彼は劇的な効果をねらうかのように同僚たちをじっと見つめる。
ぼそっとした声で発表する前に。
最優秀賞は、シャルロッテ・ザロモンに贈られます。

にわかに不穏な空気が流れる。
彼女にこの賞を与えることはできない。
授賞式はあまりにも注目を浴びる。
美術学校がユダヤ化していると言われてしまう。
受賞者である彼女自身も、あまりに注目を浴びることになる。
すぐに標的にされてしまうだろう。
投獄される可能性だってある。

ルートヴィヒ・バルトニングは事態の深刻さを理解する。
誰かがためしに言ってみる――もう一度投票するというのは？
いや、それではあまりに不公平だ。
彼女の賞を取り上げることはできても、勝利を奪うことはできない。
彼女を熱心に擁護する者はそう言う。
彼は力を尽くして、彼女のために闘う。
シャルロッテを支持することは、彼にとって致命的になりかねない。
隠していても、かならずや秘密は明るみに出る。
彼の勇気がついに報われる。
賞が有効であると認めることも勝ちとるのだから。

一時間後、ルートヴィヒはホールでシャルロッテを待つ。
彼女が現れると手で合図する。
シャルロッテは相変わらず内気な足取りで向かってくる。
なにから話せばいいのかわからない。
本来ならば喜びの瞬間のはずだ。
にもかかわらず、ルートヴィヒの顔は引きつっている。
ようやく彼はシャルロッテが受賞者に選ばれたことを告げる。

だが彼女に喜ぶ暇を与えない。
この知らせの歓喜を鎮めるために、教授陣の決定を伝える。
君はトロフィーを受け取りに行くことはできない。
ふたつの相反する感情がシャルロッテを揺さぶる。
喜びと、苦しみだ。
彼女は人前に出られないということを承知する。
二年前から、彼女はずっと影だった。
でも今日ばかりは、あまりにも不公平だ。

ルートヴィヒは、彼女の作品が受賞することを説明する。
だが、別の人が賞をもらいに行かなければならない。
誰なんですか？　とシャルロッテは訊ねる。
わからない、とルートヴィヒは答える。
バルバラ。
それが、シャルロッテが提案する名前だ。
バルバラ。
バルバラで、本当にいいのか？　と彼は訊く。
もちろん。
なんで彼女なんだ？

彼女はすでに何もかも手にしているから、もっと与えてあげなきゃ、とシャルロッテは答える。

三日後、バルバラが壇上にのぼる。
三日間、シャルロッテにとっては涙の日々だ。
金髪の受賞者は満面の笑みを浮かべている。
彼女は自分のものではない賞を受ける。
気まずそうな様子もなく。
真の受賞者だと信じこんでいるかのようだ。
両親や友人に感謝の意を述べる。
きっと自分の国にも感謝しているでしょうね、とシャルロッテは思う。
そして屈辱を受けながら、このまやかしの演出を観察する。

受賞式の真っ最中に、シャルロッテは逃げ出す。
ルートヴィヒは彼女を目で追う。
彼女をつかまえて、もっと元気づけたい。
しかし彼女は足早に去っていく。
かすかに拍手の音が聞こえる。
ちょうど学校を出ていくときに。

シャルロッテは走ってアパートまで戻る。
自分の部屋に入ると、ベッドの上で身動きもせずじっとする。
それから立ち上がり、自分で描いたデッサンを丸めて皺くちゃにする。
何枚かは破る。
物音を聞きつけて、パウラが入ってくる。
いったいどうしたの？
なにがあったの？
もう二度と美術学校には戻らないわ、とシャルロッテは冷ややかに言う。

2

シャルロッテは一日中ベッドに座って何日も過ごす。
なにを考えてもアルフレートのことばかりが思い浮かぶ。
ついには頭から離れなくなる。
このあと、彼女は際限なく彼の顔を描くことになる。
愛する人の何百枚ものスケッチ。
彼の言葉の一言一句も思い出すことになる。
現在が永遠の形をとりはじめる。

ふたりの最初の夜のあと、彼はふたたび姿を消す。
連絡も途絶える。
そのうえ彼はもうパウラにレッスンもしなくなっていた。
シャルロッテは彼の沈黙を受け入れなければならない。
私にはなにも期待しないでくれ、と彼は言った。
でもあまりにつらい。
もう耐えられない。
シャルロッテは着替えて出かける。
継母には女友達に会いに行ってくると告げる。

夜遅くに外出するのは相変わらず危険だ。
当然、補導される可能性がある。
でもその危険は、そんな大したことではない。
笑顔はときに身分証の代わりになりうる。
とくにアーリア人と見かけが同じ場合には。
シャルロッテの場合がそうだ。
髪は明るい栗色で、目もそう。
この悪い血さえ流れていなければ、彼女は自由に生きられるのに。

彼女は闇夜のなかを歩く。
気がつくとアルフレートの家の前にいる。
薄暗がりのなかに身を隠し、心は熱くなる。
家に上がる気はなく、ただ彼を見たい。
それに、こうやって押しかけてくるのを彼が許さないこともわかっている。
こういうことは絶対にしないと約束したのだ。
彼をけっして束縛しない、と。
でもどうして彼はなんの連絡もくれないの？
彼の気持ちはもしかして嘘だったの？
わたしと過ごした夜がひどくてがっかりしたんだわ。
だけどそれをあえて伝えようとはしない。
絶対そうだわ。
そうに違いない。
きっともうわたしの名前も忘れてしまったのかも。
あんなに口にするのが好きだったのに――シャルロッテ、と。

そのとき、シャルロッテは窓越しに彼の姿をみとめる。
彼の影が見えただけで動揺する。
部屋はろうそくの明かりで照らされている。

アルフレートは動きに合わせて現れたり消えたりする。
そのせいで現実が夢のごとくありそうもないことのように思える。
その瞬間、あるシルエットが視界を遮る。
ひとりの女性が居間を歩きまわっているようだ。
なにかを執拗に探している。
そしていきなり、彼女はアルフレートに抱きつく。
シャルロッテはもう息ができない。
それでも、アルフレートが自由だということもわかっている。
彼は自分がシャルロッテのものだと約束したことはない。
ふたりは付き合っているわけでもない。
それに、短い時間を何度か過ごしただけだ。

また雨が降り出す。
いつもそうだ――ふたりが距離を縮めると、雨が降る。
ふたりが会うときは空が曇る。
シャルロッテは動くこともできず、雨に濡れる。
アルフレートはひどくいらだっている様子だ。
その女性の腕を強くつかんでいる。
そして彼女を玄関まで連れてくる。

いま、ふたりは外に出てきて、シャルロッテの数メートル先にいる。
若い女性は彼に懇願している、でもなにを？
きっと彼女は、こんな雨のなか出ていくことなんてできないわと言っているのだろう。
アルフレートは譲らず、怒ったような身振りで彼女を追い払う。
彼女は諦め、うなだれる。
彼はそのまま身動きもしない――おそらくほっとしているのだろう。
そのとき、アルフレートが振り向く。
そしてシャルロッテを見る。

彼はシャルロッテに手招きする。
彼女はゆっくりと人気のない道を横切る。
そこでなにをしているんだ？　と彼は冷たく訊く。
彼には答えがわかっている。
あなたに会いたかったの、なんの連絡もなかったから。
きみに手紙を書くところだったんだよ、そう急かしちゃいけない。
彼は一瞬ためらってから、彼女に家に上がるように言う。
シャルロッテの心臓が早鐘を打つ。
ふたたび自分の王国に入ろうとしている。

このみすぼらしい部屋の床。
そこでふたたび彼女と愛を交わしてくれるかもしれない。

とりあえず、彼女は椅子の端に座る。
気まずさにこわばる。
ふたりの決まりを破ったことを謝る。
アルフレートがとてもいらだっているのをひしひしと感じる。
来るべきではなかったのだ。
もうこれでおしまいだ、自分のせいなのだ。
自分の歓びを台無しにするために生まれてきたのだ。
それで、なぜこんな質問をして事態をますます悪化させようとするのだろう。
あの女の人は？
私に質問はするな、シャルロッテ。
絶対にだ、いいな？
絶対に。
でも今回だけは、答えよう。
あの人は私の婚約者だ。
ここへ荷物を取りに来た、それだけだ。
なんだか苦しんでいるみたいだったけど、とシャルロッテは答える。

それがどうした?

私は他人の苦しみのことまで心配しないといけないのか?

そして少し黙ってから、もう二度とこんなことをするな、とつけ加える。

なにを?

こんなふうにここに来るのを。

きみが私にプレッシャーを与えれば与えるほど、きみは私を失うことになる。

ごめんなさい、ごめんなさい、と彼女はくりかえす。

でもまた思い切って訊いてみる——だけどあの人のことが好きなの?

誰のことだ?

誰って、あの女の人よ……

なにも訊くな。

人生にはそういったあれこれにかかずらっている暇はない。

全部知りたいと言うなら、きみとは別れる。

彼女はこの前忘れていった本を取りに来たんだ。

だがもし私が彼女と一緒にいたのだとしても、そのことでなにかが変わるわけではない。


シャルロッテは彼の言うことがもはや理解できない。

でもそんなことはどうでもいい。

わかっているのは、自分が彼と一緒にここにいるということ——ただそれだけだ。

人は何度、こんな気持ちになることがあるだろうか？
一度、二度、あるいはまったくないか。
シャルロッテは寒さに震える。
歯ががたがた鳴る。
ようやくアルフレートがやってきて彼女を温める。

3

彼の沈黙にはどんな理屈があるのだろう？
わたしにまた会えてとても嬉しそうなのに。
彼は長いこと、ただじっとシャルロッテを眺める。
まるで彼のほうがシャルロッテに会いに来たみたいに。
シャルロッテにふたたび会うために、あらゆる手を尽くしたかのごとく。
理解できない。
シャルロッテは不毛な分析の迷宮のなかに迷いこむ。
そんなことをしてもどうにもならない。
彼女は身を任せたい、ただそれだけだ。
アルフレートはこの前よりも、もっと荒っぽい。

愛の力で彼女の髪をひっぱる。
シャルロッテの口が開く。
そして愛する人の上半身に沿って動き回る。
シャルロッテが懸命に悦びを与えようとする力に、彼は心を動かされる。
いまや彼女はそれに夢中になっている。
彼女の喉をよぎるのは希望だ。
彼女はアルフレートが好むことを知り抜いているようだ。

幸せな気持ちで、シャルロッテは眠りに落ちる。
ふたたびアルフレートは彼女を、獰猛な子供が穏やかになった姿を眺める。
この瞬間のために生き延びなければならなかったのだ。
アルフレートはシャルロッテの髪に顔をうずめる。
ひとつのイメージが頭に浮かぶ。
ムンクの絵だ。
《女の髪に埋もれる男の顔》。

しばらくそうしてから、ふたたび立ち上がる。
仕事机へと向かい、書きはじめる。
詩、あるいはただのとりとめのない文章を。

美に触発された数ページ。
シャルロッテが目を覚ます。
愛する人の頭のなかの騒音が聞こえたのだろうか?
近づいて、書かれた言葉を読む。
きみへの言葉だよ、とアルフレートは言う。
シューベルトの曲を思い浮かべながら読んでほしい。
うん、うん、うん、と、即興曲のことを考えながら彼女は答える。
読みはじめると、言葉がこちらにやってくる。
つねに読者のほうから文章に向かっていくとはかぎらない。
とりわけアルフレートが書くような、力強く御しがたい言葉の場合は。
シャルロッテは一語一語、心のなかで下線を引く。
彼女と彼のことが語られ、それはひとつの世界の物語だ。
シューベルトの変ト長調の即興曲。
Gフラットはふたりだけの世界、長調はたしかな恋人たちの言葉。

シャルロッテが紙を一枚つかもうとすると、アルフレートがさえぎる。
彼は紙の束をすべて奪い取る。
そして火のなかに投げ込む。
シャルロッテは叫ぶ。

なぜ?!
いきなり。
あっという間に。
これを書くのに何時間もかかったはずなのに。
シャルロッテは泣く。
絶望する。
自分のためにあんな言葉を書いてくれる人なんていなかった。
それがもう全部なくなってしまった。
アルフレートは彼女を抱きしめる。
あれは存在するし、この先もずっと存在するよ、と言う。
物質的な形としてではなく。
記憶のなかに。
シューベルトの曲とともに存在しつづける。
音楽は実際には聞こえなくても、そこにある。
彼はシャルロッテにこの行為の美しさについて説明しつづける。
肝心なのは、あれらの言葉が書かれたという事実なんだ。
それ以外のことはどうでもいい。
もう犬たちに証拠を残してはいけないんだよ。
私たちの本や思い出は、自分たちのなかにしまいこまないと。

4

時を同じくして、フランスで、ひとりの男が起床する。
部屋の鏡に映る自分を見つめる。
自分自身を認識できなくなってから、もうずいぶん経つ。
自分の名前さえも言えないほどに――ヘルシェル・グリュンシュパン、と。

十七歳のポーランド系ユダヤ人の彼は、強制的に亡命させられ、パリに住んでいる。
姉から絶望的な手紙を受け取ったところだ。
一家全員が国外追放された。
なんの通告もないまま、彼らは国を去ることを余儀なくされる。
いまは難民キャンプにいる。
あまりに長い間、グリュンシュパンの人生は屈辱以外のなにものでもない。
自分の存在はネズミ並みだ、と彼は思う。
そこで、一九三八年十一月七日の朝、彼はこう書く。
世界中に俺の叫びを聞かせるために、俺は抗議しなければならない。

銃を手に、彼はドイツ大使館に侵入する。
約束があるとの口実を使って、ある書記官の執務室に入る。
のちに、これは個人的な報復だったのだと言われることになる。
私的で性的な話が、妙なふうに伝わったのだろう。
そんなことは本当に重要なのだろうか？
この瞬間、重要なのは憎悪だけだ。
三等書記官のエルンスト・フォム・ラートは蒼白になる。
青年の決意に疑いは微塵もない。
それでも、殺人者になろうとしている者は震えている。
手が汗ばむ。
その情景が永遠に続くように感じられる。
だが違う。
いま、彼は引き金をひく。
至近距離でそのドイツ人を射殺する。
続けて数発。
書記官の頭が机に当たる。
こめかみに割れ目が生じる。
血が寄せ木張りの床にしたたる。
射撃手のまわりに赤い血だまりができる。

将校たちが突入する。
殺人者は逃げようとしない。

このニュースはたちまちベルリンじゅうに広まる。
総統は激怒する。
ただちに報復しなければ。
よくもやってくれたな！
いますぐ、あの害虫をつぶさなければ。
いや、待てよ。
奴じゃない。
奴ら全員だ。
これは民族だ。
そこらじゅうにいる。
フォム・ラートを殺したのはすべてのユダヤ人だ。
憤怒に悦びが混じり出す。
報復の悦びが。

激昂は全土にひろがる。
こうして「水晶の夜」が始まる。

一九三八年十一月九日から十日にかけて。
ユダヤ人墓地が冒瀆される。
ユダヤ人の所有するものはすべて無に帰せられる。
数多のユダヤ人商店が荒らされる。
そして商品は略奪される。
燃えさかるシナゴーグの前で歌わされる者もいる。
その後、その人たちの髭が燃やされる。
劇場の舞台の上で殴殺される者もいる。
そこにごみ屑のように死体が積まれていく。
何万人もの人びとが収容所に入れられる。
何万人も。
シャルロッテの父親も。

5

ザロモン一家は静かに昼食をとっている。
誰かがドアをノックする。
シャルロッテは父親を見る。

物音がするたび脅威となる。
ほかに考えられない。
皆、食卓についたままだ。
恐怖に固まり、動けない。
もう一度ドアがノックされる。
ノックの音が強くなる。
なにかしなければ。
さもないと、ドアが無理やり破られてしまう。
とうとうアルベルトは席を立つ。
黒い制服姿の男がふたり現れる。
アルベルト・ザロモンか？
はい。
ついてこい。
どこへ行くんですか？
なにも質問するな。
身の回りの物をとってきても？
必要ない、急げ。
パウラは間に割って入ろうとする。

アルベルトはおとなしくしているようにと合図する。
問題を起こさないほうがいい。
少しでもいらだてば、彼らは引き金をひく。
彼らはアルベルトにしか用がない、それに意味がある。
間違いなく、尋問するためだろう。
それほど長くはかからないはずだ。
アルベルトが戦争の英雄だということに彼らは気がつくだろう。
彼はドイツのために血を流したのだ。

アルベルトはコートを羽織り、帽子をかぶる。
そして妻と娘にさよならのキスをするために振り向く。
ぐずぐずするな！
キスは一瞬で終わり、奪われる。
アルベルトはふりかえることなく、アパートをあとにする。
シャルロッテとパウラはひしと抱き合う。
どうしてアルベルトが連れ去られたのかわからない。
どこへ連れていかれるのかもわからない。
いつ帰ってくるのかもわからない。
なにもわからない。

カフカは『審判』のなかでこう書いている。
主人公のヨーゼフ・Kは理由もなく逮捕される。
アルベルトとまさに同じく、彼も抵抗しない。
唯一の正しい態度は、現状に適応するということだ。
つまりはこういうことなのだ。
「現状」だ。
現状に対してなしえることはなにもないのだ。
だがその状態はどこまで続くのだろう?
その過程は不可逆的に思える。
いっさいはすでに小説に書かれていたのだ。
ヨーゼフ・Kは犬のように殺されることになる。
「恥辱だけが生きのびる」かのように。

6

なんの説明もなされないまま、アルベルトはザクセンハウゼン収容所に投げこまれる。
ベルリン北部にある強制収容所だ。
狭苦しい部屋に、ほかの男たちとともに閉じ込められる。

アルベルトはそのうちの何人かに気づく。
互いを安心させるために短い言葉を交わす。
楽観的なことを口にしてこの惨めな場面を楽しくする。
だが実際はもう誰も信じていない。
いまとなっては信じられる状態ではない。
このままここで殺されるんだ、食べ物も飲み物も与えられずに。
どうして誰も私たちに会いに来ないんだ?
なぜ同国人からこんなふうに扱われなければならないんだ?
数時間後、将校たちが突然やってくる。
バラックの扉を開ける。
ちらほらと抗議の声が上がる。
抗議した者たちはただちに捕まる。
そして収容所のべつの一角まで連行される。
彼らとふたたび会うことはない。

これから取り調べを行なう、と囚人たちは説明される。
一列に並ばされる。
寒いなか、立ったまま何時間も待たされる。
年寄りや病人のなかには、それに耐えられない者たちもいる。

倒れた者はどこかべつの場所に運ばれる。
その者たちにも、もう二度と会うことはない。
ナチはこの時点ではまだ、白昼堂々と人びとを処刑してはいない。
反抗的な者や弱った者たちは裏庭で射殺される。
アルベルトは威厳のある男たちの列のちょうど真ん中にいる。
そう、彼らには威厳がある。
なによりも自分たちの痛みを見せまいとする意志が感じられる。
人が最後まで持ちつづけていられるのはこれだけだ。
なにもかも失ったときに。
まっすぐ立っていたいという気持ち。

アルベルトの番がやってくる。
自分の息子ほどの歳の青年と向かい合う。
おまえは医者だな、と青年が偉そうに言う。
はい。
そうだろうな、ユダ公の仕事だもんな。
ここでは、ぼんやりしてる暇なんかないんだ、この怠け者め！
こいつは私を怠け者よばわりするのか！
私は取り憑かれたようにして仕事に生涯を捧げてきた。

医学の進歩のために。
この青二才が潰瘍で死なないとしたら、それは私のおかげなのだ。
アルベルトは目を伏せる——もう我慢ならない。
俺を見ろ！　と若いナチ党員は怒鳴る。
俺が話しているときは俺を見るんだ、このクズめ！
アルベルトは操り人形のように頭を上げる。
渡された用紙を手にとる。
そして共同寝室の部屋番号と自分の囚人番号を読む。
名前をもつことはもはや許されない。

最初の数日は過酷だ。
アルベルトは肉体労働に慣れていない。
疲れ果てているが、踏ん張らなくてはならないとわかっている。
倒れてしまったら、連行されるおそれがある。
誰も戻ってくることのないあの場所へ。
疲労困憊しているせいで、考えることもできなくなっている。
ときどき、なにもかもわからなくなることがある。
自分が誰で、どこにいるのかも。
悪夢から目覚めるときのように。

現実に戻るまでに数秒かかる。
アルベルトはその領域に何時間もいるのだ。
意識がさまようところに。

一方、シャルロッテとパウラは、自分たちが正気でいるせいで疲れ果ててしまう。
便りがないことに苛まれる。
他の何百人もの女性たちと同様、ふたりも警察署に赴く。
建物の前では、大勢の女性たちが抗議している。
わたしたちの夫はどこ？
わたしたちのお父さんはどこ？
なにか情報をちょうだい。
なにか生きている証拠を見せて。
シャルロッテはなんとか部署のひとつに入る。
とても暖かい毛布を持ってきた。
これを父に届けたいんです、と彼女は懇願する。
将校たちは笑いをこらえる。
お父さんの名前は？　とひとりのナチ党員がようやく訊ねる。
アルベルト・ザロモンです。
わかった、もう行っていい、こちらでやっておく。

でもわたしは自分で父に持っていきたいんです、お願いします。
それはできない。
いまのところ誰も訪ねることはできない。
シャルロッテはしつこく頼んではいけないとわかっている。
毛布を父親に届けたいなら、自分は黙らないと。
無言で立ち去る。
数秒後、将校たちは大笑いする。
ああ、可愛いなあ！
ユダヤ人の女の子が愛しのパパを心配しちゃって。
ああ……おお……ああ……とあざ笑う。
泥まみれのブーツを毛布でふきながら。

7

数週間が過ぎる。
監禁された者たちの境遇についての、最も恐ろしい噂を耳にする。
何百人もの死者が出たとか。
パウラとシャルロッテは、依然としてなんの知らせも受け取れずにいる。

アルベルトはまだ生きているの？
パウラは夫を解放させるためにあらゆる手を尽くす。
ナチ高官のなかにも、まだ何人か歌姫パウラのファンがいる。
われわれになにができるか考えてみよう。
なかなか難しくてね――誰も解放していないんだ。
お願いします、どうかお願いします。
彼女は嘆願をやめない。

耐えがたい日々を過ごしながら待ちつづけるなか、アルフレートがやってくる。
彼は力を尽くして二人を元気づける。
パウラが背を向けたとたんに、シャルロッテを抱きしめる。
しかし、彼自身も恐怖に蝕まれている。
逮捕されるのは誰よりもまずエリートだ。
知識人、芸術家、教授、医者。
まもなく、なんでもない人たちも等しく逮捕されることになる。
したがって、アルフレートは最初に狙われることになるだろう。
皆なんとかして逃げ出そうとする。
でもどこへ？

どうやって?
国境は封鎖されている。
シャルロッテだけは逃げることができる。
二十二歳未満なら可能だ。
国を出るためにパスポートが必要ない。
彼女にはまだ数か月の猶予がある。
祖父母は最新の出来事について耳にしていた。
手紙には、お願いだからシャルロッテもこちらへ来るようにと書いてある。
ここは天国だ、南仏は。
シャルロッテはもうドイツにとどまっていられない。
あまりに危険になりつつある。
パウラは祖父母の意見に賛成する。
しかし、シャルロッテはそんなに簡単に出ていくことはできない。
父親に会わずに行くなんて。
本当のことを言うと、それは口実だ。
彼女の決心は固い。
絶対に行かない。
理由は単純だ——アルフレートのもとをけっして離れないから。

パウラの努力がついに実を結ぶ。
四か月後、アルベルトが収容所から解放される。
彼は家に帰ってくるが、もはや以前の面影はない。
ぞっとするほど痩せこけ、おびえ、ベッドに横になる。
パウラはカーテンを閉め、寝かせてやる。
シャルロッテはショックを受ける。
何時間も父親のそばから離れずに過ごす。
絶望に呑みこまれないように闘いながら。

父親の呼吸が苦しそうな様子をシャルロッテは案じる。
父親を看病しながら、奇妙な気持ちになる。
父を死から守ってやれる気がする。
ゆっくりと、アルベルトは力を取り戻す。
だがほとんど喋らない。
一日中眠って過ごすこともある。
あんなに夜中もずっと起きて働いていたのに。
ある朝、目を開けると、彼は妻を呼ぶ。
パウラはすぐにやってくる。
どうしたの、愛しいアルベルト?

アルベルトは口を開くが、音がまったく出てこない。
言いたいことを口にすることができない。
ようやく音を発する——それはひとりの名前だ、シャルロッテ……
シャルロッテがどうしたの？
シャルロッテ……あの子は……出ていかなければ。
パウラには、アルベルトが自分の言葉に痛めつけられていることがわかる。
いまこそ娘にそばにいてほしいはず。
だが、もはや希望などないことを知っている。
このうえない恐怖のなかにいたのだ。
逃げ出さないと、早く。
手遅れにならないうちに。

8

もちろん、シャルロッテは拒む。
彼女は出ていきたくない、出ていくことなどできない。
お願い、もう時間がないの。
いやよ、ふたりを置いていきたくない、と彼女はくりかえす。

われわれも偽の身分証が手に入ったらすぐに合流するから、と両親は言い聞かせる。

いや、行きたくない、いやよ、わたしは行かないわ。

パウラとアルベルトは理解できない。

アルフレートだけが真実を知っている。

彼はシャルロッテの態度は馬鹿げているし、あまりに度を過ぎていると思う。

死の危険を冒すに値する愛などないと彼は思う。

そしてここにいれば、死がふたりを待っているのだ。


シャルロッテは耳を貸さない。

彼女は頭が固い、つまりは心が固い。

彼女はくりかえし言いつづける——わたしはあなたから離れない。

そんなことになったらたまらなく苦しいの、わたしがどれだけあなたを愛しているかわかるでしょ。

アルフレートは彼女の手をとる。

もちろん彼にはわかっている。

彼女の熱烈で激しい気質が好きなのだ。

恐怖に打ち克つ愛の美しさ。

しかしそんなことはもはや問題ではない。

もう彼女を脅すしかほかに方法がない。

きみが行かなければ、私はもう二度ときみに会わない。

シャルロッテはアルフレートのことがよくわかっている。
口先だけで言っているのではない。
もし自分が逃げなければ、彼は彼女の人生から消えてしまう。
彼女が納得できるのはこの脅し文句だけだ。
アルフレートも、南仏で合流するから、と約束する。
でもどうやって？
私にも伝手があるから、と言って安心させる。
どうやって彼を信じたらいいの？
彼女はもう信じられない。
この暮らしから離れたくない。
ここで生まれたのだ。
なぜますます苦しむことをしなければならないの？
出ていくなら死んだほうがましだ。
彼女は真剣にそう思う。

父親がシャルロッテに会いたいと言う。
彼女の手を力なくとる。
そしてくりかえす——お願いだから、行ってくれ。

一粒の涙が流れ落ちる。
父親が泣くのを見るのは初めてだ。
彼の顔の上で世界がゆらぐ。
シャルロッテはハンカチを取り出して涙をふく。
アルベルトは不意にフランツィスカのことを考える。
この光景が彼らふたりの出会いに呼応する。
フランツィスカがハンカチを取り出して彼の洟をかんでくれたときと。
戦場付近で、手術の真っ最中に。
ふたつの場面がアルベルトのなかで共鳴する。
母親と娘がひとつの行為によって結びつく。
そして彼は、それがその動作の終わりであることを悟る。
この行為によって、シャルロッテは出ていくことを受け入れる。

9

逃げるためにはいくつかの効果的な方法がある。
パウラは祖父母に、偽の葉書を何通か書くよう頼む。
そこには祖母が危篤だと書かれている。

重病で、孫娘にもう一度会いたがっている、と。
この証拠を武器に、シャルロッテはフランス領事館へ赴く。
そして短期滞在用のビザを取得する。
こうして正式な書類が整う。

シャルロッテは最後の数時間を機械的な方法で過ごす。
旅行かばんの前で動かない。
短い滞在だと見せかけるため、旅行かばんはとても小さい。
ほんの少しの物しか持っていけない。
どの思い出の品を持っていこうか迷う。
どの本を選ぼう?
どの絵を?
結局、パウラのレコードを一枚持っていくことにする。
大好きな『カルメン』のレコードだ。
幸せな時を思い出させてくれる。

彼女はひとりで墓地へ行き、母親に別れを告げる。
何か月も、母親が天使になったのだと思い込んでいた。
ベルリンの空の上にいるのを想像していた。

希望の翼を広げて。
もうすべて終わった。
シャルロッテは現実に直面する。
空は虚ろだ。
そして母親の体はここで腐敗している。
この墓石は母親の骸骨を閉じこめているのだ。

母親の温もりだけでも覚えていないだろうか?
腕に抱かれていたときの。
わたしに歌をうたってくれようとしたときの。
だめだ、もうなにもかも存在しなかったみたいだ。
もっとも、ここでの最初の思い出以外は。
叔母さんの墓石の上に自分の名前を読んだときの。
シャルロッテ、ひとりめのシャルロッテ。
いまやふたりの姉妹は永遠に一緒だ。
シャルロッテはそれぞれの墓に白いバラを一輪ずつ置く。
そして去っていく。

父親の前で、彼女は泣く。

父親は衰弱しすぎていて、駅までついていってやることができない。
ふたりは「すぐにまた会える」と言って互いを励まし合う。
すぐにまた会えるだろう。
すぐになにもかもうまくいくだろう。
父親はとても恥ずかしがり屋だ。
優しくするのが苦手なのだ。
だがこの日ばかりは、娘を深く吸い込む。
宝物を奪われたくないかのように。
そして自分の懐にできるだけ長く隠しておきたいかのように。
シャルロッテは父親に長いキスをする。
キスの痕が残る。
口紅のせいではない。
あまりにも強く唇を押しつけたからだ。

10

駅のホームでは、何人もの警察官がパトロールしている。

シャルロッテは、パウラとアルフレートに挟まれながら、感情を押し殺さなければならない。

強い感情があふれ出てしまうと、視線を集めることになる。
そうすれば、三人は尋問されてしまう。
なぜ彼女はこんなに泣いているんですか、この子は？
一週間しか行かないのでしょう、違いますか？
だからだめだ、計画を危険にさらしてはいけない。
堂々と、まっすぐ立っていなければならない。
無理やりにでも心を引き剝がすのだ。
シャルロッテは自分の苦しみを叫びたい。
こんなの無理だ。
すべてと別れるのだ。
父親、パウラ、母親の墓。
思い出、人生、幼少期から離れるのだ。
なによりも、彼と別れるのだ。
大きな、唯一の愛。
彼女にとってすべてである男性。
愛する人、彼女の魂。
アルフレートは動揺を隠しきれない。
いつもはあんなにおしゃべりなのに、黙りこむ。

いま感じていることはあまりに物珍しすぎて、言葉にできない。
列車が吐き出す煙で景色がかすむ。
かつてないほどホームが湖岸に似る。
最後の瞬間には理想の舞台背景だ。
アルフレートはシャルロッテの耳に口を近づける。
シャルロッテは彼がこう言うと思う——愛している、と。
だが違う。
もっと大事な言葉をつぶやく。
この先、シャルロッテが絶え間なく思い浮かべることになる言葉。
それは彼女の強迫観念の核心となるだろう。
「私がきみを信じているということを、けっして忘れないでくれ」

第六部

1

シャルロッテは駅のホームが見えなくなるまで見つめる。
窓から頭を外に突き出していると、風が顔を打つように吹きつける。
車室のなかから素っ気ない声が聞こえてくる。
すみませんが、閉めてもらえませんか？
シャルロッテは謝って、自分の席につく。
流れゆく景色を眺めながら、涙をこらえる。
何人かの乗客が話しかけてくるが、つれない返事をする。
会話を行き詰まらせるため。
きっと礼儀知らず、あるいは横柄とさえ思うだろう。
でも人びとにどう思われようと知ったことではない。
もうどうでもいい。

フランスの国境で、身分証を調べられる。
旅の理由を訊かれる。
病気のおばあちゃんを訪ねるんです。
税関吏は彼女ににっこり微笑みかける。
可愛らしいアーリア人のふりをするのはわけもないことだ。
その立場にたつと、なにもかもが素晴らしい。
自分に向かって唾を吐いてくる人などいない世界。
バルバラの世界だ。
人びとに好かれ、優遇され、尊敬される。
がんばってね、とまで言われる。

列車はパリに到着する。
数秒間、シャルロッテは魅せられるがままになる。
パリという名前に。
フランスの希望に。
しかし、次の列車に乗り遅れないように走り出す。
ぎりぎりで間に合う。
ここでもまた人びとが話しかけてくる。
だが彼女は、言葉がわからないという身振りをする。

外国にいることの特権だ。
言葉を話せないということがわかるやいなや。
もう誰も話しかけてこない。

彼女は列車が通りぬける田園の美しさに心を奪われる。
この国のほうが色彩が豊かだわ、と思う。
数多くの画家がこの道をたどったということを知っている。
南仏の光を求めて。
心を虜にする黄色い光。
わたしも同じような気持ちになるのかな?
黒いヴェールが絶えず目の前をかすめるけれど。
お腹が痛くなってくる。
体が目覚めていることに驚く。
お腹がすくということは、いま経験しているすべては現実だということだ。
隣に座っている女性がリンゴをひとつくれる。
空腹のあまり、彼女はかぶりつく。
そして芯まで食べてしまう。
その女性はびっくりする。
そこまで空腹だとは思っていなかった。

いまやシャルロッテのことが少し怖いほどだ。
ただリンゴをあまりにも早く平らげたというだけで。

ニースに着くと、シャルロッテは窓口で訊ねる。
ヴィルフランシュ＝シュル＝メールと書かれた紙を見せる。
バスに乗ればいいと言われ、一番前の席に座る。
迷ってしまうのではないか、間違ったバス停で降りてしまうのではないかと心配する。
なのでもう一度、今度は運転手にも紙を見せる。
三十分後、運転手は着いたよと合図する。
シャルロッテはフランス語で「ありがとう」と言って降りる。
ふたたびひとりになると、「ありがとう」とくりかえす。
ほかの言語を話すというのは気持ちがいい。
とくに自分の母語が荒廃しているときは。
亡命というのは場所だけの問題ではない。
このフランス語の「ありがとう」も、彼女を避難させてくれる。

ふたたび、彼女はひとりの女性に道を訊ねる。
その人はオッティリー・ムーアの家をとてもよく知っている。
おそらく町に住む人たち皆と同じように。

裕福なアメリカ人女性は、その地域では有名人だ。
彼女は何人もの孤児を引き取っている。
その子たちにダンスやサーカスの授業まで受けさせている。
この曲がりくねった道をたどっていけばいいだけ。
そうしたらすぐに見つかるだろう。

暑いうえに、坂道だ。
長旅の最後の踏ん張りどころ。
もうすぐ祖父母を抱きしめられる。
到着する日を前もって知らせることができなかった。
急に現れてびっくりするだろう。
ずいぶん長いこと会っていない。
かなり変わってしまっただろうか?
むしろ祖父母のほうがシャルロッテだとわからないかもしれない。
最後に会ったときはまだ十代だったが、いまではすっかり大人の女性だ。
悲しんではいるものの、興奮を抑えきれない。

ついに〈エルミタージュ〉の前に到着する。
壮麗な館で、高台にある。

庭はまるで天国のようだ。
生い茂った草木の向こうに、駆けまわっている子供たちが見える。
子供たちの笑い声も聞こえる。
シャルロッテはまだ門の呼び鈴を鳴らせずにいる。
ここで彼女を待っているのはまったく新しい人生だ。
数メートル前に進めばいいだけ。
未知の世界へ飛び込むためには。

なにかがシャルロッテを思いとどまらせる。
彼女の背後のある力だ。
誰かに呼ばれているような気さえする。
思わずふりかえる。
すると地中海の壮大な輝きが目に入る。
シャルロッテはこれほど美しいものを見たことがない。

2

数分ののち、庭に入る。

子供たちが彼女の到着を喜んで、彼女のまわりを取り囲む。

オッティリー・ムーアは子供たちに落ち着くようにと言う。

シャルロッテを休ませてあげましょう、疲れているんだから。

料理人のヴィットリア・ブラーヴィがレモネードを用意する。

この騒ぎのなかで、祖父母は身じろぎもせずに立っている。

祖母は目に涙を浮かべている。

シャルロッテは、まるで自分のまわりで起きているつむじ風に吸いこまれてしまうような気がする。

こんなにたくさんの質問に答えることに慣れていない。

よい旅だった?

調子はどう?

両親は元気?

ドイツはどうなってる?

彼女はわからないと口ごもりながら言う。

この二日間ほど、ほとんど喋っていないのだ。

おまけに、彼女はあまりにも自信を欠いている。

見られているということが、なによりも不安にさせる。

とりわけなにかが彼女を苦しませる。

自分がここにいることに罪悪感を覚えるのだ。

オッティリーはシャルロッテのいたたまれなさを感じ取る。
こっちに来てシャルロッテ、あなたのお部屋を見せるわ。
驚きの眼差しのなか、ふたりは庭をあとにする。
あの子は相変わらず物憂げだな、と祖父は言う。
そしてこうつけ加える——母親にそっくりだ、と。
祖母は夫をにらみつける。
これこそまさに聞きたくない言葉だ。
ふたりとも暗に感じ取ってはいることを、祖母は捉えたくない。
しかしながら、祖父は正しい。
この事実に祖母は衝撃を受けた。
シャルロッテは信じられないほどフランツィスカに似ている。
顔はもちろんのこと、身のこなしもそっくりだ。
ふたりとも同じ悲しみを抱えている。
本来は喜びであるはずのもの。
実際、それは恐怖の始まりだ。

3

シャルロッテは何時間も眠る。
目が覚めると真夜中だ。
裸足のまま、この最初の夜に庭を散歩する。
白い寝間着姿で、自由を感じて。
空は薄い青、星々が散りばめられて黄色いほどだ。
木の幹に触れ、花の香りをかぐ。
それから、草の上に横たわる。
広大な空のなかに、アルフレートの顔が見える。
彼の口のなかにある雲。
欲望に呑みこまれるままになる。

数日が過ぎ、シャルロッテは相変わらず寡黙だ。
とても控えめな人だと思われる。
子供たちは彼女にこんなあだ名をつける——沈黙の人。
子供たちは彼女と遊びたい。
さしあたり、彼女は子どもたちを描くことにだけ同意する。

オッティリーはシャルロッテに非凡な才能を見いだす。

この家には天才がひとりいるわ、とさえ言う。


オッティリーは彼女に絵を描くよう絶えず励ましつづける。

シャルロッテの絵を買い取り、彼女が絵筆一本で生きていく手助けをするだろう。

そして戦争中にもかかわらず、紙も調達してやるだろう。

この女性の寛大さは限りないように思われる。

残された彼女の写真を見ると、いつも笑みを浮かべている。

いささか行きすぎたような表情で。


ヴィルフランシュ＝シュル＝メールでは、皆オッティリーのことを覚えている。

一九六八年、彼女の素晴らしい館が取り壊された。

いわゆる豪邸のひとつを代わりに建てるために。

庭の一部はプールと化した。

二本の大きな松の木だけが残った。

ブランコがあった木だ。

豪邸のまわりには、いまは高い塀がある。

侵入者が入ってくるのを防ぐために。

侵入者と、シャルロッテ・ザロモンに魅せられた作家たちが入ってこないようにするために。

どうやって中に入ろう？
無理だ。
かつてあれほど人びとを受け入れていた場所が、いまや近づくこともできない。

近くで突っ立って馬鹿みたいに私を見ている男が、協力しようかと声をかけてくる。
私たちは少し会話をし、私は彼に名前を訊ねる。
ミシェル・ヴェズヴィアノというらしい。
私がここへ来た理由を説明しても、彼は驚いていない様子だ。
私と同じことを求めて来たヨーロッパ人がひとりいたと彼は教えてくれる。
そう、彼はこの言葉を使う――ヨーロッパ人、と。
三、四年くらい前のことだという。
つまり、シャルロッテのことを調べているのは私だけではないのだ。
私たちは散らばっているが同じ宗派だ。
ミシェルに救われた、疲れ果てた信奉者たち。
それが私にとって慰めとなるのか耐えがたいことなのかはわからない。
その同好の士はなんという名前でしたか？
ミシェルはもう覚えていない。
そんな人は本当に存在したのだろうか？
私は、シャルロッテのことが好きな人は皆知りたいのだ。

そんなことを考えていると、小門が開く。

車に乗って、ひとりの女性が出てくる。

私はすぐさまミシェルを置いて彼女のもとへ行く。

こんにちは、私は作家でして……

彼女はオッティリー・ムーアのことを知っている、一九六八年からここに住んでいるのだ。

私が質問しようとすると、彼女はいらだつ。

だめです、もう帰ってください！

それに警備員があなたを中へは入れませんよ！

もう行ってください、ここですることはなにもありませんよ！

怒りっぽくて、おびえた、愚かな老婦人。

私はやさしく話しかける。

五分間だけ庭のなかを歩きたいだけなんです。

当時の写真が載っている本を見せる。

彼女は見たがらない。

もう行って、行って、さもないと警備員を呼びますよ！

わけがわからない。

彼女はなぜこんなにも敵意むき出しなのだ？

私は諦めることにする。
それほど重要なことでもないし。
要するに、ここにはもう当時の面影は残っていないということだ。
だがこの女性のおかげで、私は一九四三年を少しだけ味わうことができた。
なんとも奇妙なことだ。
というのも、まさにこの場所で、まもなくシャルロッテに憎悪がふりかかるのだから。

4

シャルロッテはアルフレートが現れるのではないかと期待しながら何時間も過ごす。
愛する人がやってくるところを絶えず想像する。
ひとりの神様がどこからともなく現れるみたいに。
しかし彼は来ない。
彼を自分のなかによみがえらせるために、シャルロッテはふたりの会話を再構築する。
一言一句、言葉はひとつ残らず彼女のなかにそのまま残っている。
正確に心のなかで記憶している。
誰もシャルロッテの絶望を知らない。
彼女は悪魔とふたりきりの若い娘だ。

ときどき微笑みを送って、ひとりにさせてもらう。
オッティリー・ムーアはとくにシャルロッテの祖母のことを心配する。
祖母は、前はもっと明るかった。
よく笑い、あらゆることに興味があった。
オッティリーはシャルロッテに、おばあさんを元気づけてあげて、と言う。
それは灰色に黒を明るくしてと頼むようなものだ。
祖母と孫娘は互いを理解し合っている。
ふたりの心臓は同じように鼓動している。
まるでふたつの心臓が布に包まれているかのように。
体のなかで音を立てず、静かにもがいている。
生き延びた者たちが見せる、やましいやり方で。

ふたりは海岸沿いを散歩する。
波の音がするおかげで話さずにいられる。
ともかく、黙っているほうがいい。
耳にする知らせはますます悲惨になりつつある。
つい最近、ポーランドが攻撃された。
フランスとイギリスがドイツに宣戦布告する。
祖母はベンチに座る。

呼吸が苦しくなったのだ。
何年も前から、彼女は生きるために闘っている。
娘たちが亡くなってからというもの、毎日が闘いだ。
だがそれももう無駄になった。
戦争がすべてを無に帰すだろう。

モリディ先生を呼ぶ。
優れた地元の名士だ。
そのカリスマ性と人間性が賞賛されている。
金持ちほど診療代を高くし、貧乏人には安くする。
何人かの通りがかりの有名人を診たと言われている。
エロール・フリン、マルティーヌ・キャロル、それにエディット・ピアフも。
彼はオッティリーが車の事故に遭ったときに診察した。
一九三〇年代初頭に起きた事故だ。
それ以来、ふたりは親しくなった。
それゆえ、オッティリーは彼を頼る。
シャルロッテの祖母を救ってもらうために。

こうして、モリディ先生は〈エルミタージュ〉にやってくる。

シャルロッテが出迎え、病気の祖母の枕元まで案内する。
彼はシャルロッテに対して、どんな第一印象を抱いたのだろうか？
もう知りようがない。
それでも私はどうにかその瞬間を捉えようとする。
私にとって、あまりにも重要に思えるのだ。
この物語におけるモリディ先生の登場の場面というのは。
この人物は、のちにシャルロッテにとってきわめて重要な意味をもつことになる。
私は彼が庭にいるところを想像してみる。
彼の娘さんが私に見せてくれた写真によると、とても背の高い人のようだ。
子供たちが彼を見ようと頭を上げるところを想像する。

5

部屋から出てくると、モリディ先生は鬱病について話す。
祖母は絶えず世界が燃えようとしているのだと言っている。
もうそのことに耐えられず、これ以上生きていたくない。
そろそろふたりの娘に再会する時なのだ。
わたしのふたりの娘、わたしのふたりの娘、とくりかえす。

そして、全部わたしのせいなの、と言う。

モリディ先生は鎮静剤を処方する。
それから、二十四時間監視を怠らないこと、と念を押す。
絶対にひとりにしないでください。
シャルロッテは、これは自分の役目だと理解する。
ほかに誰ができるだろう?
祖父も、同じように打ちひしがれている。
祖母が襲われている危機を、祖父は遠くから眺めている。
だって、シャルロッテはそのためにここに来たんだろ。
わしらふたりの面倒を見るために。
避難する代わりに、それくらいのことはやはりしてもらわないと。
長い白髭の下で、祖父はこんなふうに考えているのだ。

モリディ先生はシャルロッテに、頑張ってください、と告げる。
館を去ろうとするとき、彼はシャルロッテの絵のことに触れる。
お嬢さん、あなたは素晴らしい才能をお持ちのようですね。
お噂は瞬く間に私のところまで届きました。
ただのスケッチです、と彼女は口ごもりながら言う。

子供たちに描いた絵ですから。
それがなんだと言うんです?
あなたが描いた絵をぜひ見てみたい。
シャルロッテは彼の親切に心を打たれる。
彼女はモリディ先生がほかの病人たち、ほかの難題へと帰っていくところを見守る。

シャルロッテは事態の深刻さに気づく。
ある種の電気ショック療法のようなことをしなければと思う。
彼女の意見では、三人は〈エルミタージュ〉を去らなければならない。
祖父母はあまりに長いことオッティリーの世話になりすぎた。
徐々に自立心を失ってしまったのだ。
恩人との関係は悪化しつつある。
状況は重苦しくなるばかりだ。
いつもそんなふうではないか?
人はなにもかも与えてくれる人のことを、最後には憎んでしまうのだ。
懐具合としては、去ることは可能だ。
まだ少しお金が手元にある。
一九三三年にドイツを離れたとき、所持品を売ることができたのだ。
シャルロッテはニースへ行き、物件を探す。

ノイシェラー通り二番地に見つける。
名前のついた家、ウージェニー荘を。

オッティリーもそのほうが祖父母にとっていいだろうと考える。
ここ数か月、以前よりも関係が冷めてきていると認める。
オッティリーはシャルロッテに、できるかぎり頻繁に会いに来てほしいと頼む。
彼らの近況を知らせてもらうため、そして庭で絵を描いてもらうためにも。
自分のために生きるということを忘れてはだめよ、とオッティリーはつけ加える。
自分のために生きる、とシャルロッテは心のなかで反芻する。

引っ越しの日、彼らは何人かの兵士とすれ違う。
東に向けて出発する最後の兵士たちだ。
この地域にはもう男たちが残っていない。
兵士たちはいまだ起こらない戦闘を待っている。
これがあれほど告げられていたこの世の終わりなのだろうか?
雪が降りはじめ、すべてが静まりかえっている。
宣戦布告がなされたことさえも忘れてしまいそうなほどに。
混沌は家のなかで先に起こりはじめる。

引っ越しをしても、なにひとつ変わらなかった。
祖母は危機に瀕しながら何時間も過ごす。
ささやかな休息を得る瞬間のほうが稀だ。
彼女はなおも死への欲求に駆られている。
シャルロッテはこの時期、祖母の絵を描いていた。
シャルロッテのスケッチのなかで、祖母はすっかり痩せ細ってしまっている。
自分の体を隠そうとするかのように、自分自身にくるまって。

その反対に、祖父の絵は一枚もない。
途方に暮れ、すべての人から孤立し、手がつけられない。
祖父はニースにやってきた最初の頃のことを思い出す。
あの頃はなにもかもが素晴らしかった。
大学に登録し、何人かのよい友人ができた。
いまや自分になにが残されているだろうか?
なにもない。
妻は気が狂い、国は戦争中だ。
おまけにドイツがひどく恋しい。
そのせいで怒りっぽくなり、荒っぽく、横暴になる。
四六時中、シャルロッテに命令する。

どうしてかもよくわからずに。
亡霊の軍隊の将軍のように。

6

シャルロッテは何か月も家族からの便りを受け取っていない。
沈黙が絶えがたい。
やっと父親とパウラから一通の手紙が届く。
オッティリーがニースにいるシャルロッテに届けてくれる。
シャルロッテは急いで目を通し、アルフレートの名前を探す。
彼についてなにか書かれているかもしれない。
彼の近況がなにかわかるかもしれない。
それがシャルロッテにとってなによりも大事なことだ。
でもだめだ。
なにも書かれていない。
アルフレートのことはなにも。
もう一度手紙に目を通す。
コンマとコンマのあいだに隠れているのかもしれない。

ない。
やはり彼の名前は出てこない。
彼についてはなにも書かれていない。
彼がどこにいるのかもわからない。
せめて生きていてくれてはいるの？

そうして、シャルロッテはじっくり手紙を読みはじめる。
手紙を書いたのはパウラだ。
ここ数か月のことについて書いている。
ふたりはフランスにいるシャルロッテに合流したかったが、不可能となった。
偽の身分証を調達できる立場のよい友達がひとりいた。
その友達とともに、ふたりは飛行機に乗ってアムステルダムへ行った。
すべてを置き去りにして、なにも持たずに国を去った。
オランダに身ひとつで降り立った。
幸いにも、何人かの友人がすでにそこにいた。
そこでは、ベルリンから来た人びとが集まる小さな家族会のようなものがある。
パウラはなるべく自分たちの不安は書かないようにしている。
しかし、シャルロッテは言外の意味を読みとることができる。
彼女は茫然自失した父親の姿を想像する。

犯罪者のように国を去る覚悟を固めて。
絶えず恐怖を抱えながら。
逮捕の、投獄の、死の恐怖。
強制収容所で、彼は連中が誰彼かまわず殺すそのやり方を目の当たりにしたのだ。

シャルロッテのなかでは、父親はつねに強い人だった。
そして継母のパウラは栄光に包まれていた。
少なくともふたりは安堵しているのだろうか？
それにどれくらいの期間そこにいるのだろうか？
でもせめてふたりは一緒にいられるんだ、とシャルロッテは思う。
ふたりのところへ行けたなら、と強く思う。
自由であるということに、もはや価値を感じない。
こんなふうに生きながらえていることがなによりも悪であるように思える。
手紙は彼女に痛みをもたらしはじめる。
言葉がここにないものを際立たせる。
それは、自分だけが離れているということの具体的な証拠なのだ。
祖母は手紙になんの関心を示さない。
かいつまんで話を聞く。

彼らの逃亡と、偽の身分証に注目する。
ふたりはもうすぐ死ぬわ！　と急に叫ぶ。
おまえは完全にいかれてる！　と祖父はいらだって言う。
シャルロッテはふたりの間で板挟みになる。
祖父に部屋から出ていってくれないかと頼む。
シャルロッテは老いた祖母を落ち着かせようとする。
死を思わせる証拠を得たとばかりに喜んでいる祖母を。
ふたりは死ぬわ！
わたしたちはみんな死ぬのよ！
シャルロッテは優しく話しかける。
悪夢を見た子供に話しかけるように。
だいじょうぶよ……いまはもうふたりは安全なところにいるわ。
でもだめだ、祖母はまったく聞く耳を持たない。
そこらじゅうに死があふれている！
そこらじゅうに！
死がわたしたちを捉えてしまう前に死なないと！
そしてわけのわからない言葉をつぶやきつづける。
それから徐々に落ち着いてくる。
祖母の精神錯乱は欲動によって引き起こされる。

混沌とした状態が何度も行ったり来たりする。
過度の興奮に疲れ果て、最後には眠りに落ちる。
眠っている状態が、自分自身から守られているように思える唯一の場所だ。

7

その数週間後、シャルロッテはべつの手紙を何通か受け取る。
これが家族とつながっていた最後の瞬間だ。
時は一九四〇年。
宣戦布告されてから半年が経った。
あいかわらず沈黙したまま、相手の出方をうかがっている。
唯一聞こえるのは、浴室のなかでなにかが倒れる音だけ。
シャルロッテは急いで様子を見に行く。
祖母が浴室に閉じこもっている。
シャルロッテはドアを叩き、お願いだから開けて、と頼む。
でもだめだ、なんの反応もない。
ぜいぜい言うあえぎ声が絶え間なく聞こえる。
だが次第に間隔が開き、だんだんと小さくなる。

シャルロッテは叫ぶ。
ついに彼女はドアを押し破る。
祖母は紐で首を吊っている。

間一髪のところで、シャルロッテは祖母を救う。
祖母の体をつかんで、ふたり一緒に倒れこむ。
そのとき祖父がやってくる。
例によって、祖父はわめく。
おまえはなにをしてるんだ?
おまえにはそんな権利はないぞ!
おまえにはわしらをそんなふうに置き去りにする権利などないぞ!
それにおまえは、シャルロッテ?!
おまえはなにをしてたんだ?!
こいつをこうやって放っておくなんて、おまえは気でも狂ったのか!
もしこいつが死んだら、おまえのせいだぞ!
まったくおまえは信用できんな、ばかもの!
シャルロッテはこの辛辣な言葉の数々を無視する。
祖母をベッドに寝かせてやらなくては、それが先決だ。

祖母は意識がないように見えるが、起き上がる。
そして首に手をあてる。
きつく首を絞めた痕が残っている。
輪のような真っ赤な痕。
赤かったのが、もう青黒く変色している。
祖母は自分の部屋に向かう。
支えようとするシャルロッテを押しのける。
なぜ死なせてくれなかったの？　と祖母は言う。
シャルロッテは泣きながら答える——わたしにはもうおばあちゃんしかいないの。

8

幾日も、シャルロッテは祖母を見張る。
けっしてひとりにはさせないようにする。
シャルロッテは部屋の大きな雨戸を開ける。
祖母に空の話をし、空の美しさを語って聞かせる。
見て、あの澄んだ青を見て。
そうね、と祖母は言う。

祖母も花盛りの木々に見とれる。
未来の希望にも似た彩り。
今度、一緒に海岸沿いをお散歩しましょう。
一緒に行くって約束して、とシャルロッテはせがむ。
彼女の言葉は気持ちを楽にし、傷を癒すように優しい。
ふたりは手を取り合う。

祖父はこの慰めの時間にうんざりしている。
これ以上我慢できない、だがいったいなにに？
シャルロッテは祖父のことが理解できない。
祖父は興奮して部屋のなかを行ったり来たりする。
まるでもう激しい怒りを抑えきれないかのように。
まさにそうなのだ。
祖父は常軌を逸した独白をシャルロッテに向けてしはじめる。
これ以上の自殺なんて、わしはもううんざりだ！
もううんざりなんだ、わかったか！

おまえのおばあさんのお母さんもそうだった。
あの人も毎日死のうとしておった。

そう、八年間、毎日な！

それから、おばあさんの弟もだ。

結婚がうまくいかなくて不幸せだったそうだ。

でもわしは狂気があいつをまさに捉えるところを見たんだ。

あいつはわけもなく急に笑い出したりした。

おまえのおばあさんはほんとに悲しんでおった。

あの子のところに行ってくる、家族の狂人と呼ばれているあの子のところに、と言って。

あいつが入水自殺する日までな。

そしてあいつの一人娘は睡眠薬で自殺した！

睡眠薬でだ！

なんの理由もなしに。

あと、叔父さんもいる、叔父さんを忘れちゃいかんよ！

そう、おばあさんの叔父さんだ。

叔父さんは窓から身を投げたんだ！

それにおばあさんの妹も……それと妹の夫も！

もう覚えとらん。

そこらじゅう、そこらじゅうにいるんだ！

もううんざりだ！

わかるか?!

あと最近だとおばあさんの甥っ子もそうだ。
家族のなかで唯一生き残っておったんだ、おまえは知らなかっただろうが。
だが彼は研究所の職を失ったそうだ、ほかのユダヤ人たちと同じように。
それで自殺したんだと……
自殺というのは、敵にその死を与えることのない死なんだ！
かわいそうに、わしは彼のことを覚えておるよ。
とても優しい子だった。
声を荒げることなどなかった。
なのにそんな子が、いまじゃ墓のなかで腐っておるなんて。
もう骨の山でしかないんだ！
……
そしてわしらの娘たち！
わしらの娘たち！
……
聞いておるか?!
わしらの娘たちだ！
……
おまえの叔母さんのシャルロッテ。
わしが大好きだった娘。

わしは心の底からあの子を愛していた。
あの子はどこへ行くにもわしの後ろについてきた。
わしの影法師みたいだった。
あの子はよくわしの話を聞いていた。
わしを喜ばせようとして、ギリシア彫刻の真似をして遊んでいた。
それから。

なにもない。
もうなにもない。

あの子は川に身を投げた、十八のときに。

いきなりだ。
わしは耐えられなかった。
わしらは埋葬に行けなかった。
それとも、わしらも一緒に埋葬してもらったほうがよかったのかもしれんな。
おまえのおばあさんとわしは、そのときからもう死んでおるんだぞ。

そしておまえのお母さんだ。

あの子はものすごく苦しんだ。
おまえにわかるか？
シャルロッテはあの子の大切な妹だった。
あの子たちはいつも一緒だった。
いつもふたりは比べられていた。
姿が違うだけの同じ女の子みたいに。
あの子は打ちひしがれていた。
だが外からはそれがわからなかった。
あの子は強くいようとして、できるかぎりのことをした。
エネルギーを二倍にしていた。
わしらのために、同時にふたりの娘を演じていた。
おまえのお母さんは本当に思いやりのある子だった。
あの子は夜になるとよく歌っていた。
重々しくて美しかった。
その後、あの子はおまえのお父さんと結婚した。
医学への強迫観念に取り憑かれている奴とな。
幸せなことに、おまえが生まれた。
子供というのは、生そのものだと思われておる。
わしの孫娘。

おまえだ。
シャルロッテ。

祖父はここで話すのをやめる。
最後のほうの言葉はより優しく口にした。
どんな惨劇も泣き叫ばれることなどできない。
祖父はまっすぐシャルロッテの目を見る。

ふたたび、祖父は声を荒らげて話しはじめる。
どんどん声が大きくなる。
おまえだ……
おまえだ……シャルロッテ!
シャルロッテ!
おまえはあんなにも美しい赤ん坊だったのに。
なのに、なぜだ?
なぜなんだ?

わしらにはもうおまえのお母さんしか残されていなかった。
おまえのお母さんと、おまえだ。

あんなことをするはずはなかった。
みんな自殺していたが、おまえのお母さんだけは違った。
あの子があんなことするはずがない。
ありえんよ。
窓から身を投げるなんて。
わしらの家のな！
聞いておるか?!

そしておまえはそこに来たんだ、そのあとで。
おまえはわしを苦しめた。
おまえを見ないようにわしらは視線をそらしておった。
おまえの顔を覚えておるよ。
おまえはお母さんが戻ってくるのをずっと待っておった。
空を見上げながら待ちわびてな。
あの子はおまえに、自分は天使になると言っておった。
だがそうじゃない！
あの子は悪魔に捕まったんだ。
だからあの子は自殺した。
そうだ、おまえのお母さんもそうだったんだぞ。

それでおまえのおばあさんは……なぜだ？
もう生きていたくないだと。
そうしたらわしはどうなる？
あいつはわしのことを考えておるのか？
わしはどうなる？
聞いておるか?!

もううんざりだ。

うんざりだ。

もう。

……

9

シャルロッテは走っていく。
祖父の最後のほうの言葉はもう聞いていない。
祖父はまだ叫んでいる、シャルロッテに行かないでくれと頼んでいる。
ノイシェラー通りを駆け抜ける。
チューリップの咲いている交差点のところまで。
どこへ行こう?
わからない。
彼女は息が切れるまで走る。
海に向かって。
行ける場所はそこしかない。
ほかの人間を見ずに行ける唯一の場所。
浜辺を走って横切る。
服を着たまま、二月の冷たい海に入っていく。
バシャバシャと前へ進む。
膝が、上半身が、肩が見えなくなる。
彼女は泳ぎが苦手だ。

あともう数メートル進んだら、身を委ねられる。
濡れた服がどんどん重くなる。
彼女を深みに沈めようとする。
波が彼女にあたって砕ける。
潮水が口に入る。
空に目を向けると、ある顔が見える。
母親の顔だ。
ずっと待ちわびていた天使がついに現れたのだろうか?
あまりにもはっきりと現れる。
わたし死ぬの?
漂っていると、思い出がよみがえる。
子供のときの母親を待っている自分の姿を見る。
なんてくだらないんだろう、あの天使の話は。
怒りがこみあげる。
そしてシャルロッテを岸へと向かわせる。
いやだ、わたしは溺れては死なないわ。
息も切れぎれに、へとへとになって、シャルロッテは砂利の浜に横たわる。

わたしの人生はすべて嘘の上に成り立っている。
皆が憎い、皆わたしを裏切っていたんだ。
皆が。
ずっと前から。
皆、本当のことを知っていたんだ。
わたし以外、皆！　とシャルロッテは叫ぶ。
乱れた音節が彼女のなかで響きわたる。
もう言葉を口に出すことができない。
言葉を使うことができない。
荒廃を表現するための。
たったいま自分が知ったことの。
一度も疑わなかった。
一度も、一度も、一度も。
言葉を使うことができない。
こんな眩暈を表現するためにあるのは言葉だけなの？
シャルロッテはずっと前から抱いていた違和感がなにかわかる。
見棄てられることの底知れぬ恐怖。
皆から見棄てられるのだという確信。
どうすればいい？

泣くか、死ぬか、それともなにもしない？
シャルロッテは起き上がるが、また地面にくずおれる。
誰もいない浜辺の上の、ばらばらになった操り人形。
夜の帳が下りるが、いまだけはいつもと違う。
彼女にだけ夜の帳が下りる。

シャルロッテは寒さに震える。
四つん這いになりながら、プロムナード＝デ＝ザングレまでたどり着く。
まるで海から上がってきたところのように見える。
彼女は足早に歩く。
音もなく、足跡も残さずに、夜のなかを進む。
息を吹きかえす濡れた影。

祖父母が待っているだろうと思う。
だがそんなことはなく、ふたりは眠っていて、それがなんとも異様な光景だ。
部屋の窓はまだ開いたままだ。
そこから射す月明かりがベッドの縁を照らしている。
月明かりはやわらかく、優しくさえある。
ここ数日とは真逆の時間だ。

ふたりはおとなしい子供のようだ。
シャルロッテは椅子に腰を下ろしてふたりを見つめる。
ふたりのそばで、そのまま眠りに落ちる。

10

落ち着きをふたたび取り戻し、数日が過ぎる。

空白の数時間とでも言えるだろうか。
彼らの身動きでさえも静かだ。
祖母はシャルロッテの髪をとかす。
もう何年もそんなことはなかった。
こうしてふたりはまた楽しい時間に浸る。
シャルロッテはひとつの質問を投げかけることができない。
どうして誰もなにも言ってくれなかったの？
どうして？
いや、彼女は黙っている。
祖父母の言い訳を聞きたくない。

それに、そんなことをしてなんになる？


休息の時間を味わっているほうがいい。

祖母はようやく落ち着いたように見える。

あるいは、これは作戦なのだろうか？

看守である孫娘が隙を見せるようにするための。

祖母は自分の母親のことを思い出す。

母親の精神錯乱は休むことを知らなかったため、けっしてひとりにさせないようにしていた。

誰かが絶えず彼女を見張っていた――自分自身を殺そうとする、彼女の内にひそむ暗殺者を。


シャルロッテはいま、すべてがうまくいきますようにと願う。

彼女は祖母の母親だ。

何週間にもわたって、祖母を守り、安心させ、元気づけている。

ふたりはなにか強い絆で結ばれている。

そこで、シャルロッテはある幻を子守唄に、眠りに身を委ねる。

そして眠りに落ちる。

シャルロッテが目を覚ますと、誰もいない。

どうやってわたしを起こさずにおばあちゃんは起き上がれたの？

普段、シャルロッテの眠りはとても浅い。

祖母は音をいっさい立てずにベッドから抜け出したのだ。
まるで蒸発するように。

そのとき、恐ろしい大きな物音が響きわたる。
ドスンとなにかがぶつかる鈍い音。
シャルロッテはすぐにわかり、窓辺に飛んでいく。
祖父も目を覚ます。
と同時に、大慌てでやってきて眠気をはらう。
なんだ？
なにがあった？　と祖父は叫ぶ。
こんなふうに祖父の声にパニックが表れるのは珍しい。
シャルロッテと同様、なにが起きているのかよくわかっているのだ。

彼らのいる建物からは、なにも見えない。
中庭は真っ暗だ。
ここ数日の煌々たる月明かりは消えてしまっていた。
ふたりとも祖母の名前を叫ぶ。
何度も、なんの返事もないだろうと思いながら。
早く、急いでろうそくを探してこい！　と祖父は命令する。

シャルロッテは震えながらそれにしたがう。
ふたりはゆっくりと階下に降りる。
中庭に入ると、冷たい風がふたりを迎える。
ゆらめく炎をなんとか守らなければ。
ちょっとずつ、ちょっとずつ、ふたりは前進する。
シャルロッテは裸足で、足元に液体があるのに気づく。
ろうそくを持ってひざまずく。
そして一筋の血を見つける。
彼女は叫び声を上げ、口に手をあてる。
祖父も屈みこむ。
そしてこのときばかりは、何も言わない。

11

遺体は三日間ベッドの上に安置される。
奇妙なことに、祖母は死んでもほとんどなにも変わらない。
もうずっと前から、祖母はこんな外見だった。

シャルロッテは涙に暮れる。
祖父の分まで涙を流す。
モリディ先生の助けを得て、ふたりは埋葬の準備をする。
オッティリーはすべての費用を負担する。
葬儀は一九四〇年三月八日の午前に行なわれる。
〈エルミタージュ〉に避難している子供たちも参列する。
そのおかげで陰気さがいくらか薄れる。
子供たちはシャルロッテにまた会えてとても喜ぶ。
熱気に満ちて彼女のまわりに集まる。

棺が地中に下ろされる。
すべてが静寂に包まれているようだ。
ただし、祖父の正気だけが乱れる。
もう誰を埋葬しているのかもわからないらしい。
と思ったら、また正気に戻る。
祖父は自分の妻がいない日を一日たりとも思い出せない。
妻なしで生きたことはあるのだろうか?
葬儀のあと、オッティリーはふたりを自宅に招く。

シャルロッテと祖父は家に帰りたいと言う。
ふたりきりにならなくてはと感じる。
そして墓地の小道をゆっくりと歩く。
シャルロッテはかつて生きていた人びとの名前を順に読み上げる。
捉えがたいイメージが次々と心に浮かぶ。
祖父は打ちひしがれていた様子だが、突然ぶつぶつ不平を言う。
痛みが目を覚まし、祖父を怒らせているのだ。
シャルロッテにすべてを打ち明けたときに祖父を導いたのと同じ怒り。
憎しみの言葉がこみあげる。
次から次へと言葉が放たれる。
すると祖父はシャルロッテの袖をつかむ。
なに？　と彼女は、この悲劇に疲れ果ててうなだれながら言う。
なぜおじいちゃんはこんなふうにわたしをつかむの？
これ以上なにがしたいの？
祖父はあまりにも乱暴に彼女をぎゅっとつかんでいる。
シャルロッテはもがいて祖父を押し返したいが、その力がない。
おまえは、なにと訊くのか？　と祖父はわめく。
おまえは、なにと訊くのか?!
おい見てみろ。

まわりを見てみろ。
正直なところ、なにを待っているんだ？
おまえもどうせ自殺するんだろう？

第七部

1

シャルロッテは家族に祖母の訃報を知らせる。
パウラはシャルロッテの精神状態を案じる。
彼女からの手紙に書かれた言葉のひとつひとつに悲しみが刻みこまれているようだ。
コンマでさえも無気力に見える。
パウラはかけてやるべき言葉を見つけようとする。
しかし、そんなことをしても意味がない。
本来ならただそばにいて、彼女を抱きしめてやるべきなのだ。
シャルロッテは物理的にも両親がいないことに苦しむ。
離れているのは少しの間だけだと思っていた。
なのに、もう一年以上も経つ。
そのうえ再会できる見込みがこれっぽっちもない。

シャルロッテが受け取る返事はそれが最後となる。
彼女は父親とパウラから二度と便りをもらうことはない。
国境が脅かされ、封鎖される。
フランスにいるドイツ人は全員申告するようにとの通達がある。
とはいえ、彼らが亡命者であることは明らかだ。
それでも彼らは敵国と結びついている。
フランス国家は彼らを閉じ込めることにする。
一九四〇年六月、シャルロッテと祖父は列車に乗っている。
ピレネー山脈にあるギュルス強制収容所に向かっている。
もともとはスペイン人難民のために建設された難民キャンプだ。
わたしたちはどうなるのだろう？
シャルロッテはザクセンハウゼンから帰還したときの父親の顔を思い出す。
周囲を見まわすと、おびえたドイツ人がたくさんいる。
道のりは何時間にもおよぶ。
これからなにが起こるかわからない恐怖にこれが加わる。
わたしは死んでしまうのだろうか？
彼女の家系では、その病的な宿命から逃れた女性はひとりもいない。
シャルロッテの叔母の死と彼女の母親の死のあいだには十三年の隔たりがある。

母親の死から祖母の死までの間隔も同じだ。
そう、まったく同じ時間の開きがあるのだ。
この三人の行為もほぼ同じ。
虚無への跳躍。
三つの異なる年齢の死。
若い娘、母親、祖母。
要するに、どの年齢にしても生きるに値しなかったのだ。
強制収容所に向かう列車のなか、シャルロッテは頭のなかで計算する。
1940＋13＝1953
ということは、わたしが自殺するのは一九五三年だ。
それまでに死ななければ。

2

ギュルス収容所に到着するやいなや、家族は離ればなれになる。
祖父は男性たちのグループに入れられる。
そのなかで一番年寄りのようだ。
影のような人びとの長老。

シャルロッテは憲兵に、祖父と一緒にいさせてもらえないかと訴える。
ひとりにさせるには高齢すぎるし、病気なんです。
だめ、だめ、あなたは女性用のバラックに行きなさい。
そう命令されて、彼女は引き下がる。
この青年は警棒を持っているし、横には犬もいる。
ここでは口答えなどできないのだと悟る。
シャルロッテは祖父を残して、女性たちの列に並ぶ。
この列のなかに、ハンナ・アーレントがいる。

ギュルスでは、草木がまったく生えていないことにシャルロッテは衝撃を受ける。
緑が完璧に根絶しにされている。
彼女は野生の自然から月世界の風景へとやってきたのだ。
あたりを見渡して、ほんの少しでも色彩がないかと探す。
なにかが体内で暴力をふるう。
シャルロッテと世界とのつながりは純粋に美となる。
絶えず頭のなかで絵を描いている。
シャルロッテの知らないうちに、彼女のなかで作品がすでに息づきはじめる。
醜さはあらゆる細部にも広がっている。

バラックにはベッドがなく、ただマットレスだけが積んである。
衛生状態はきわめて悪い。
毎晩、ネズミの鳴き声が聞こえる。
彼らは女性たちの落ちくぼんだ頬をかすめていく。
だが、最悪なのはそのことではない。
最悪なのは巡回する男だ。
その男はトーチ型ライトを手に、建物の前を行ったり来たりする。
なかにいる女性たちに、一筋の光が見える。
その男がいるという耐えがたいしるし。
一時間以上も続くことがある。
最後にはなかに入ってくるということを皆知っている。
ほら、いま入ってきた。
男は扉を開け、横になっている女性たちの目をくらませる。
男はマットレスの合間をぬって歩く。
男が連れている犬は、ためらうことなく獲物のにおいを嗅いだり舐めたりする。
しっぽを振りながら支配する幸せな共犯者。
かつてないほど、自分がこの男の一番の親友だと感じる。
毎晩、看守はそうやって入ってくる。

これが彼の最高の儀式なのだ。
男は暴行するための女囚をひとり探しに来る。
抵抗されたら、撃ち殺してしまえばいいのだ。
恐怖に震えながら、女性たちは縮こまる。
男はそのうちのひとりの横で足を止める。
ライトで照らし、彼女の体や顔をじっくり観察する。
そして結局、べつの女性へと移動する。
彼女たちが怖がっていることが、ますます男を興奮させる。
とうとう男はひとりの赤毛の女性に目をつける。
起きて俺についてこい。
女性はしたがう。
そして無言でべつの小屋に連れていかれる。

3

こうして数週間が過ぎる。
無気力と恐怖のはざまで。
誰もが皆、ドイツ軍の攻撃について話す。

フランス軍のあまりにも早すぎる敗北について。
そんなことがありうるの？
シャルロッテはその知らせを聞いて硬直する。
彼女が逃げてきた国をナチが支配しようとしている。
彼女が閉じ込められている、避難所であるこの国も。
すると、彼女のさすらいにはどんな終わりもないだろう。

運よく、南仏は占領から逃れている。
「自由地域」の存在について話されている。
でも誰にとって自由なの？
どうやら、彼女にとってではない。
祖父のところを訪ねに行くのもやっとなのだ。
祖父は一日の大半を粗末なベッドの上で過ごしている。
ひどく痩せ細り、いまにもくずおれそうだ。
咳をすると、一筋の血が垂れる。
シャルロッテのことがしばしばわからなくなる。
シャルロッテは途方に暮れてしまう。
看守たちに、どうか助けてほしいと懇願する。
若い娘が苦しんでいるのを見て、とうとうひとりの看護婦が心を動かされる。

なんとかしてみます。
口先だけの言葉ではない。
ついに当局はふたりを解放することにする。

シャルロッテはふたたび希望を見いだしただろうか?
彼女は祖父に、悪夢はもうすぐ終わるわ、と言う。
〈エルミタージュ〉に帰れるのよ、そうしたらゆっくり休めるわ。
彼女は祖父の手をとり、祖父はこの触れ合いを気に入る。
その翌日すぐに、ふたりは収容所を去る。
しかし、公共交通機関はもはや機能していない。
なんとかしなければ。
何百キロもの距離を、怒りっぽい病気の老人と歩きつづける。
ふたりはピレネー山脈を越える。
七月の酷暑に苦しめられながら。

その二か月後、ヴァルター・ベンヤミンが自殺する。
山脈の反対側で。
ある噂では、国籍を持たない者はもはや国境を越えることはできないと言われている。
ベンヤミンはもうすぐ自分は捕まるだろうと確信する。

長年の彷徨と追跡に疲れ果て、倒れこむ。
そしてモルヒネで服毒自殺する。

私は別れのように聞こえる彼の言葉を思い出す。
「われわれにとって幸福を表現しうる場所は、
われわれが吸う空気のなかだけだ、
われわれとともに生きてきた人びとのなかで吸う空気の」。
ドイツの天才たちはこうして山々のなかに散る。
ただしハンナ・アーレントは、ヨーロッパを離れることに成功する。
シャルロッテはヴァルター・ベンヤミンに心酔していた。
彼の著作を読み、ラジオで熱心に彼の時評番組を聞いた。
シャルロッテの作品に、彼の一節を引用できたかもしれない。
「人生の真の尺度は記憶である」。

4

道中、ふたりは人びとの家で休ませてもらえないかと乞う。
たいていふたりは追い払われる。

誰もドイツ人を泊めたいとは思わないのだ。
ようやく、ある若い亡命者が彼らを助けに来る。
彼もベルリン出身だ。
彼は寝られる場所を知っている。
道の上で、薄暗がりのなか、彼はシャルロッテを溝へ押しやる。
祖父はベンチの上で休んでいて、なにも見ていない。
孫娘は力のかぎり抵抗する。
襲撃者の顔をひっかく。
男は毒づきながら去っていく。
おまえは自分の欲していることがわかっていないんだ、愚か者め!

シャルロッテは服を整える。
そしてなにも言わずに祖父の隣に座る。
彼女は痛みを隠すことに慣れている。
もっとも生々しく、もっとも直接的な傷でさえも。
痛みを覆い隠すことを誰よりもよく知っている。
苦しみが相次ぐことに慣れている。

やっとのことで、ふたりは自分たちを受け入れてくれる宿屋を見つける。

しかし部屋にはベッドがひとつしかない。
シャルロッテは、わたしは床で寝るから、と言う。
祖父は一緒に寝ようと言い張る。
孫とおじいちゃんじゃないか、普通のことだよ、と言う。
シャルロッテは祖父の言うことを正しく理解しただろうか?
そう、祖父の提案はもっと明らかになる。
祖父はシャルロッテに服を脱いでこっちに来いと促す。
世界がぐらつく。
もとへ戻る目印はもはやひとつもない。
そこで、シャルロッテは外の空気を吸いに出る。
祖父が眠るのを待ってから部屋へ戻る。

シャルロッテは隅に座り、膝のあいだに顔をうずめる。
眠くなるように、思い出をくまなくたどる。
愛情が残っている唯一の場所。
パウラの声を聴き、アルフレートのキスを感じる。
目を閉じて、美を旅する。
いま、シャガールの絵が浮かび上がる。
正確に、細部をひとつひとつ視覚化して頭のなかで再構成する。

シャルロッテは暖色のなかを長いことさまよう。
そしてようやく眠ることができる。

シャルロッテは、このままこの長旅を続けるわけにはいかないと思う。
祖父の視線が自分の動作や体にいちいち釘付けになっていては。
幸いにも、海岸沿いを走るバスがあることを教えられる。
二日後、ふたりはニースに着く。
〈エルミタージュ〉に到着すると、ふたりは祝福される。
皆ほっとする。
誰もなにも聞いていなかったのだ。
シャルロッテは疲労困憊してベッドに行く。
オッティリーが少ししてから彼女の様子を見に来る。
そしてシャルロッテの額に手をあてる。
するとシャルロッテは目を開ける。
涙が流れる。
彼女に対して誰かがそんな優しい仕草を見せることはめったになくなっていた。
オッティリーはこの子には助けが必要だと悟る。
シャルロッテの家族についての話は聞いている。

シャルロッテはもう涙が止まらないようだ。

何か月分もの涙がようやく流される。

おかげで、ふたたび眠ることができる。

だが呼吸は不規則だ。

オッティリーは若いシャルロッテの顔に差す影に気づく。

彼女の上を徘徊する影に。

オッティリーは、ここ数週間の出来事がシャルロッテをうろたえさせたことを知っている。

祖母の自殺、母親も自殺したのだと明かされたこと。

そして収容と彷徨。

この打ちのめされた人生のありさまを思うと、オッティリーはとてもつらい。

シャルロッテを救いたいと思う。

彼女を助けて、治してあげなくては、と思う。

手遅れにならないうちに。

5

オッティリーの助言に従って、シャルロッテはモリディ先生に診てもらう。

彼の診療所はヴィルフランシュ＝シュル＝メールの中心街にある。

自宅のアパルトマンの一室で診療を行なっている。
一九四一年生まれの彼の娘、キカがいまもそこで暮らしている。
両親の死後、ここに戻ってきたのだ。
彼女に連絡をとろうとしていたとき、私は想像もしていなかった。
彼女が父親の診療所を当時のままに残していたとは。

彼女のおかげで、私は一九四〇年当時の装飾のなかを歩くことができた。
私の小説のなかを生きる。
扉にはいまもプレートがついている。

G・モリディ医師
診療時間　1時半から4時まで

私はしばらくそこに立ち尽くし、隅々まで観察した。
キカと彼女の夫はとても感じのよい人たちだった。
先生の娘がシャルロッテのことを覚えているはずはない。
だが、彼女の父親はよくシャルロッテの話をした。
お父様はなんと言っていましたか？
父は彼女が狂っていると言っていました、とキカは即答する。

この答えに私は驚いた。

彼がそう言っていたということにではなく、それが最初の答えだということに。

キカはすぐにつけ足す——あらゆる天才と同じように、と。

そう、彼女の父親はシャルロッテが天才だと確信していた。


オッティリーと同じく、モリディ先生もシャルロッテへの情熱に打たれる。

感心してか、優しい気持ちを抱いたのか、あるいは単に心配してか、彼の役割は大きかった。

〈エルミタージュ〉に寄るたびに、彼はシャルロッテに話しかけに行く。

そして彼は頻繁に訪ねていた。

というのも、孤児たちの誰かがしょっちゅう病気になっていたからだ。

シャルロッテはモリディを悩ませていた——医師は彼女の感受性に心を揺さぶられたのだ。

クリスマスに、彼女はクリスマスカードを描いた。

そこには天から降りてくる子供たちが描かれていた。

あるいは月に行こうとしているのかもしれない。

この絵を見て、モリディの胸に迫るものがあった。

力強さと純真さの融合なのか。

それとも単に恩寵なのかもしれない、と彼は思った。

モリディ先生はシャルロッテの脈を測り、診察する。

ギュルス収容所のことについていくつか質問する。
彼女はええとかああとかよくわからない返事をする。
先生は彼女の陥っている状態に恐ろしくなるが、それを顔には出さない。
ビタミンが必要だね、と言うことにする。
彼女は黙って、うなだれている。
モリディ先生はためらっているようだ。
シャルロッテ、きみは絵を描かなくては、とようやく言う。
シャルロッテは顔を上げる。
彼はもう一度言う——シャルロッテ、きみは絵を描かなくては。

私はきみを、きみの才能を信じている、とモリディは伝える。
それは慰めであると同時に、期待の言葉でもある。
このまま終わるなんて論外だ。
もし苦しんでいるなら、その苦しみを表現するんだ。
シャルロッテはいま耳にしていることに深く心を動かされる。

モリディ先生は続ける。
ふさわしい言葉を見つける。
自分の好きな絵について語る。

それらの絵はあまりにも美しいので、共有せずにはいられない。
シャルロッテはなおも聞いている。
医師の言葉は彼女が感じていることと響き合う。
するとアルフレートの顔が浮かぶ。
かつてないほどはっきりと見える。
駅のホームで、彼が最後に口にした言葉を思い出す。
どうして忘れてしまっていたのだろう？
創造するために生きなくては。
狂わないために絵を描かなくては。

6

帰り道、シャルロッテは深呼吸をする。
その日、彼女の作品《人生？　それとも舞台？》が誕生する。
歩きながら、彼女は過去のイメージを思い返す。
生き延びるために、わたしは自分の過去を描かなければ。
それしか出口はない。
それを何度もくりかえし口にする。

死者をよみがえらせなくては。
この言葉に彼女は立ち止まる。
死者をよみがえらせること。
わたしはこれからもっと孤独の奥深くまで進んでいかなければならない。

限界まで行き着かなければならなかったのだろうか?
最後に芸術を唯一の生きる可能性とするならば。
モリディ先生に言われた言葉を、彼女はすでに感じていた。
体のなかで、ただし無意識のうちに。
心よりも体のほうがつねに先を行っているようだ。
ひらめきとは、すでに自分が知っていることを突如として理解することだ。
芸術家であれば誰もが通る道。
何時間、あるいは何年かかるかわからないこの暗いトンネルを。
そこを通り抜けた暁にはついにこう言える――いまだ、と。

シャルロッテは死にたかったが、いまは微笑み出す。
もう他のなにも重要ではなくなる。
もうなにも。
こんなふうにして生み出される作品はごく稀だ。

このような次元で世界と引き離されるなかで。
なにもかもが明快だ。
自分がすべきことをはっきりとわかっている。
彼女の手にもう迷いはない。
小説のように自分の記憶を描こうとしている。
絵には長文のテクストが添えられるだろう。
それは読むと同時に目で見る物語だ。
描くことと、書くこと。
このふたつの組み合わせは、彼女自身を「まるごと」表現するひとつの方法だ。
あるいは「完全に」。
それはひとつの世界なのだ。

これはカンディンスキーの定義と重なる。
「ひとつの作品を生み出すことは、ひとつの世界を創造することである」。
彼自身も共感覚の持ち主だった。
いくつかの感覚の直観的な融合。
音楽を聴いて見えた色を彼は選んだ。
《人生？ それとも舞台？》は、感覚同士のあいだで交わされる会話だ。
絵画、言葉、それと音楽も。

傷つけられた人生の治癒のために必要な芸術の融合。
過去を再構成するためになされるべき選択。

そしてこれは力強さと創造性の旋風でもある。
この作品を発見すると何が起こるか。
とてつもない美的感情が生まれる。
私はそれ以来、絶えずそのことを考えつづけている。
シャルロッテの人生が私の強迫観念となった。
私は彼女に縁のある場所や色彩を、夢のなかでも現実でも駆けめぐった。
そして私はシャルロッテのすべてを好きになった。
だが私にとってもっとも重要なのは、《人生？　それとも舞台？》なのだ。

これは創作というフィルターを通したある人生だ。
現実にひねりを加えるために。
彼女の人生における主要人物が登場する。
舞台のように、登場人物は最初に紹介されている。
アルフレート・ヴォルフゾーンはアマデウス・ダベルローンとして登場する。
ザロモン家はカン家となっている。
シャルロッテは自分のことを三人称で語っている。

すべてが現実ならば、この客観視は必要なのだろう。
物語のなかで真の自由をかなえるために。
そうすればより自在に幻想が浮かび上がるだろう。

その形式においてふたたび見いだされる完全なる自由。
素描と物語とともに、シャルロッテは音楽の指示も付している。
作品のサウンドトラックだ。
バッハ、マーラー、シューベルトと旅をする。
あるいはドイツの流行りの歌とともに。
シャルロッテは自身の作品を「ジングシュピール」と呼んでいる。
オペレッタに相当するものだ。
音楽、芝居であり、映画でもある。
彼女の画面構成は、F・W・ムルナウやフリッツ・ラングの影響を受けている。
人生において影響を受けたもののすべてがそこに詰めこまれている。
しかしそれらは、シャルロッテの独自の輝きのなかに消え去っている。
唯一無二かつ前代未聞の作風を築くために。

取りかかる時が来た。
シャルロッテは自身の作品の取り扱い説明書をまず書いている。

彼女の創案の演出について。
「以下に続く絵画の創作は、次のように想像されたい。
ある人物が海辺に座っている。
その人物は絵を描いている。
突然、あるメロディーが頭のなかで流れる。
そのメロディーを口ずさんでいると……
それが完璧に一致することに気づく……
いままさに紙に記そうとしていることと。
テクストが頭のなかで形を成す。
そしてその人物は自分の言葉でメロディーに歌詞をつけて歌い出す。
何度も何度も。
大きな声で、絵が完成したと思えるまで」。

最後に、シャルロッテはその人物の正確な精神状態について述べる。
「彼女は人間界からしばらく姿を消さなければならなかった、
そしてすべてをこのために犠牲にすることで、
自分という存在の深淵からふたたび自分の世界を創造するために」。

人間界から姿を消す。

7

最初の何日間かは、まったく集中できない。

〈エルミタージュ〉では、子供たちがそこらじゅうを駆けまわっている。

彼らのエネルギーは野生児なみだ。

オッティリーは彼らに、シャルロッテの邪魔をしてはいけませんよ、と言う。

彼女はシャルロッテの助けとなるようできることはなんでもしてくれる。

上質の紙も探してきてくれる。

食べ物も手に入りにくくなりつつあるこのご時世に。

モリディ先生とともに、ふたりは天才を守る親衛隊となる。

その親衛隊のなかに祖父は含まれていない。

それどころか、祖父はシャルロッテをうるさく攻めたてる。

祖父の姿を見つけるやいなや、彼女は画架を抱えて逃げる。

祖父はわめきながら追いかけてくる——おまえはわしの世話をするためにここにいるんだぞ！

わしがおまえを呼び寄せたのは、絵を描かせるためじゃない！

祖父の状態は日を追うごとに悪化している。

果物を盗んでは、子供たちのせいにする。

シャルロッテは去るよりほかない。
作品を制作しつづけるために、自分の身は自分で守らなければならない。

少し前に、シャルロッテはマルト・ペシェと知り合った。
サン＝ジャン＝カップ＝フェラにある〈ラ・ベロール〉というホテルの支配人だ。
マルトはシャルロッテを無償で泊めてやることにする。
マルトもまた、シャルロッテの才能を確信したうちのひとりなのだろうか？
その可能性は高い。
シャルロッテがいたいだけ、部屋をひとつ貸してやる。
部屋番号は1。
ここで二年近く、シャルロッテは創作に励むことになる。
一階の部屋だが、ホテル自体が高台にある。
一歩外に出れば海が見える。
私は長いこと、この部屋を楽園、隠れ家として想像していた。
だが実際は、むしろ独房を思わせるような部屋だ。
レンガ造りの壁がいっそうその印象を強める。
マルトはシャルロッテが「歌いながら」仕事をしているのを聞く。
そう、それが彼女の使った表現だ。

シャルロッテは絵を描きながら歌っていた。
絵に添えると指示した音楽を。

マルトの証言によると、シャルロッテはほとんど部屋から出ない。
毎日、朝から晩まで創作に捧げる。
たしかに度を越えた偏執状態だ。
シャルロッテはアルフレートの言葉を一言一句思い出す。
耳を聾するばかりの彼の独白を再現する。
何ページにもわたって、彼女はアルフレートの顔を何百回も描く。
離ればなれになってから何年も経ち、モデルとするものがなにもないのに。
シャルロッテの創作における無呼吸状態は恍惚としている。
過去に対する執着との関係のように。
私は1号室のなかを、若い受付係にじろじろ見られながら歩きまわる。
ティッセムという名の彼女は、私に協力してくれようとする。
想像するに、私のことを変人だと思っているのだろう。
色褪せた部屋の壁を、恍惚として眺めている私を見て。
私はこのホテルに古い記録が残されていないかどうか知りたくなった。
支配人は私に電話をかけ直してはこなかった。
支配人の名はマランといい、フランス語で「船乗り」を意味する。

このホテルを運営するには、海に関係する名前でなくてはいけないのだろうか？
なによりも、彼はこの部屋の前に記念プレートを飾るだろうか？
なぜ私がこれほどまでにプレートにこだわるのか、自分でもわからない。
とにかくいまは、この場所は修復されなければならない。
なんなら私がやってもいい。
記憶であるこの壁のためだったらなんでもする。
記憶である以上に、この壁は天才シャルロッテの無形の目撃者だった。

8

不本意ながらも、シャルロッテはときどきニースに行かなければならない。
そこで祖父がひとりで暮らしているから。
シャルロッテが行くと、祖父は椅子に座って思い出に浸っている。
一九四二年の真夏のある日に訪ねると、一枚の貼り紙が目にとまる。
法律によりユダヤ人は当局に申告しなければならない、と。
〈ラ・ベロール〉に戻ると、シャルロッテはマルトに訊ねる。
わたしはどうすればいい？
本当のところ、彼女の心は決まっている。

申告しに行く。
マルトは、どうして？　気でも狂ったの？　と言う。
シャルロッテは答える――法律だから。

その指定された日に、シャルロッテはニースへ出かける。
県庁舎の前には長い列ができている。
この従順な人びとを見て、シャルロッテは安心する。
皆きちんとした格好をして、夫婦連れは手をつないでいる。
暑いなか、長時間待たされる。
やがて、何台ものバスが広場の近くに停車する。
人びとは顔を見合わせる。
互いに安心させ合おうとする。
いずれにしても、なにも心配することはないさ。
シャルロッテはギュルス収容所のことを思い出す。
もしただの調査と言いながら、実は逮捕なのだとしたら？
あそこに戻るよりもいやなことはない。
パリでは、ユダヤ人の大がかりな一斉検挙があったらしい。
でもここでは、真実を実際に知っている人なんている？
ドイツやポーランドで起こっていることを知っている人なんている？

誰もいないわ。
シャルロッテはもう父親やパウラから便りを受け取っていなかった。
もうかなり長いあいだ。
もうなにも知らずにいる。
ふたりはせめて生きているの？
彼女は毎日そのことを考える。
それとアルフレート、彼女のアマデウス。
彼はあまりにも世渡りが下手だ。
いやだ。
彼が死んだなんて思いたくない。
そんなはずはない。

憲兵たちがどこからともなく現れる。
ひそかに、彼らは広場を包囲する。
もう誰も逃げ出すことはできない。
罠だ――いますべてが明らかになる。
なんて馬鹿だったんだろう？
わたしも、ここにいる他の人たちも皆。
世界中がわたしたちを狩ろうとしている。

それが今日だけ違うなんてはずはなかったのに。

バスに乗れと言われる。
皆、警官隊に走り寄っていき、質問を浴びせる。
わたしたちは一体どこへ連れていかれるんですか？
わたしたちがなにをしたって言うんです？
落ち着きは一気に不安と化す。
警官たちはますます毅然とした態度になる。
パニックを起こさせないために。
単なる型どおりの取り締まりだ。
なにも心配することはない。
ほら……乗って、それでいい。
全員席に着いたら、飲み物を出そう。

シャルロッテは他の人びとともに座る。
その瞬間、彼女は自分の絵のことを考える。
もし戻ってこられなかったら？
絵はどうなってしまうの？
マルトのことは信頼している。

彼女がなんとかしてくれることはわかっている。
でも、だとしても。
まだ終わっていない。
完成にはほど遠い。
どうして時間はいくらでもあるだなんて思ったんだろう?
わたしは亡命者で、逃げている身なのに。
いわばペスト患者だ。
ここから抜け出せたら、作品を最後まで仕上げよう。
できるだけ早く。
未完成のままにしておくなんて考えられない。

ひとりの警官が座席のあいだを歩く。
シャルロッテに目をとめる。
鋭い視線でじっと見つめる。
なんで?
わたしがなにかおかしなことをした?
なにもしてない。
なにもしてない、なにもしてないと自分に言い聞かせる。
じゃあなんで?

なんでこの人はずっとこんなふうにわたしのことを見ているの?
なんで?
心臓が早鐘を打つ。
気絶してしまいそうだ。
お嬢さん、大丈夫ですか?
シャルロッテは返事をすることができない。
警官は彼女の肩に手を置く。
そして、大丈夫ですよ、と言う。
彼女を安心させようとする。
その警官がシャルロッテの前で足を止めたのは、彼女が可愛いと思ったからだ。

立って私についてきてください。
シャルロッテは身動きできない。
動きたくない。
きっと邪悪な人だ。
ギュルスで毎晩女の子に暴行していた人みたいに。
ほかにありえない。
そうじゃなければ、なんでわたしなの?
このバスのなかで若い女性はわたしだけだ。

彼はわたしを暴行したいんだ。
そうよ、絶対にそう。
それしか考えられない。
でも、彼の顔はとても優しそうだ。
それに、自分に自信がありそうにも見えなかった。
こめかみに小さな汗の粒が浮かんでいる。
彼はもう一度言う——どうか私についてきてください、お嬢さん。
そして、お願いします、とつけ加える。
シャルロッテはもうどう考えたらいいのかわからない。
彼の若さ、彼の礼儀正しさがいくらか安心させる。
でも、彼女はもう誰のことも信じられない。

シャルロッテは立ち上がって彼についていくことにする。
ふたりともバスを降りると、警官はそのまま歩くようにと言う。
数メートル歩き、ふたりの間の距離が開く。
行って、と彼は言う。
早く行って、そして決してふりかえらないで。
シャルロッテが動かずにいると、彼はもう一度強い口調で言う——早く行って、さあ！
シャルロッテはなにが起きているかを理解する。

彼はただ純粋に彼女を救おうとしているのだ。
彼女はなんとお礼を言えばいいのかわからない。
どのみち、言葉を探している暇もない。
急がなければ。
シャルロッテは歩き出す。
ゆっくりと、それからだんだん足早に。
ニースの路地に出てから、やっとふりかえる。
後ろにはもう誰もいない。

9

〈ラ・ベロール〉に戻ったあとは、すべてが変わる。
シャルロッテはかつてないほど切迫感を覚える。
一刻も無駄にはできない。
筆致が前よりも生き生きとする。
多くのページは文章のみだ。
家族の話を書かなければ。
手遅れにならないうちに。

スケッチに毛の生えたような絵もいくつかある。
彼女は絵を描いているというよりも、走っている。
作品の後半に見られるこの熱狂は衝撃的だ。
断崖絶壁における創作。
隠棲し、痩せ細り、おびえながら、シャルロッテは我を忘れ、没頭する。
最後まで。

ある手紙のなかで彼女は、結びの言葉を書き残すだろう。
「わたしの作品に登場したすべての登場人物はわたしです。
わたしはあらゆる道をたどることを覚えました。
そうしてわたしは自分自身になることができたのです」。

最後の絵は驚くほど力強い。
海を見ている自画像を描いている。
シャルロッテの背中が見える。
自分の背中にタイトルを書いている――《人生？　それとも舞台？》。
自分の人生をテーマにした作品の幕を、最後は自分自身の上で閉じているのだ。

この絵は、シャルロッテのある一枚の写真に奇妙なほど似ている。

その写真には、高台で絵を描いているシャルロッテが写っている。
地中海を臨んでいる。
彼女はどこを見るともなくカメラを眺めている。
まるで撮影者が夢想に耽っている彼女の一瞬を捉えたかのように。
自然と融け合いながら送ってきた自分の人生についての夢想。
シャルロッテは草木と同化しているように見える。
空の色に心を打たれて。
この輝きを前にすると、ゲーテの最後の言葉を思い出す。
死の間際に彼が叫んだ言葉——「もっと光を！」。
死ぬにはまばゆい光が必要だ。

10

何時間もかけて、シャルロッテは絵を順番に並べる。
時系列に整理しなければならない。
最後の数枚の絵に番号をふる。
最終的な音楽の指示をつけ加える。

全部で三つの束となる。
三つとも一番上に、「ムーアさんの所有」と書く。
この作品はオッティリーのものだ。
自分が逃げ出さなくてはならなかったり、死ななくてはならなかったときには。
いまはただ、なんとしてでもこの完成した作品を守らなければ。
安全なところに保管しなければ。

シャルロッテは大きな旅行かばんのなかに三つの束を入れる。
最後にもう一度、部屋を見回す。
特別な感情がわいてくる。
喜びとメランコリーが入り混じったような感情。
作品を仕上げたことは、取り憑かれたような人生のつかのまの終止符となる。
ひとつの作品から抜け出ると、外の世界がふたたび現れる。
何か月も内に閉じこもっていたせいで眩しい。
目を内面に向けていた習慣から、乱暴に抜け出す。

マルトと長い抱擁を交わす。
シャルロッテは心からお礼を言う。
もう行く時間だ。

ヴィルフランシュ＝シュル＝メールに向けて出発する。
歩いて、大きな旅行かばんを抱えて。
この日、シャルロッテとすれ違った人がいるだろうか？
一生をかけた作品を抱えて歩いている彼女と。

最後の診察から二年近い時を経て、彼女はモリディ先生に会いに戻る。
ここにいる知り合いで唯一信頼できる人物だ。
オッティリーはアメリカに帰ってしまった。
差し迫った危機に直面して、彼女はフランスを離れた。
大型車に九人の子供を一緒に乗せて。
それと二匹のヤギと一匹のブタも。
リスボンへと向かい、そこで大西洋横断定期船に乗るのだ。
シャルロッテもその仲間に入れてほしかった。
お願い、わたしをひとりにしないで、と頼みこむ。
だが無理だった。
子供たちとは違い、彼女にはパスポートがいる。
あきらめて、彼女はオッティリーに絵を何枚かあげた。
さよならの代わりに。
オッティリーは心からのお礼を述べた。

「宝物よ」と言って。
この女性はシャルロッテにとって実に重要な人物だった。
母親であり、庇護者でもあった。
だからシャルロッテは、モリディ先生を介して作品を彼女に託すことにする。
託すだけでなく、彼女に作品を捧げる。

シャルロッテはモリディ先生の診療所の前に立つ。
呼び鈴を鳴らす。
先生自身がドアを開ける。
ああ……シャルロッテ、と彼は言う。
シャルロッテは返事をしない。
ただ彼をじっと見る。
そして旅行かばんを差し出す。
「これはわたしの全人生よ」と言いながら。

モリディ先生のおかげで、私たちはこの言葉を知ることができる。
これはわたしの全人生よ。
正確にはどういう意味なのだろう?
わたしの人生すべてを語っている作品をあなたにあげるわ。

あるいは、わたしの命と同じくらい大事な作品をあなたにあげるわ。
それとも、これがわたしの人生すべて、なぜならわたしの人生はもう終わったから。
彼女はこれから死のうとしているという意味なのだろうか?
これはわたしの「全」人生。
この言葉が頭から離れない。
どの可能性も真実であるように思える。

モリディ先生はかばんを開けない。
大切にしまっておく。
隠しておく、とも言えるかもしれない。
彼の娘が、作品がしまわれていた場所を見せてくれた。
あまりにも現実的なこの過去を目の前にして、私は動けずにいた。
めったにない強烈な感情。
これはわたしの全人生よ。

第八部

1

シャルロッテは〈エルミタージュ〉に戻って暮らす。
庭のなかで祖母のことをまた思い出す。
もういないのだ。
走り回る子供たちの姿も思い描く。
この子たちも、もういない。
ほとんど皆、出ていってしまった。
館自体がひとりの孤児のようだ。
その美しさも悲しげに見える。

いまは、ここにひとりの男性が住んでいる。
アレクサンダー・ナーグラー。
オーストリア人の亡命者で、オッティリーの愛人だった。

だが、そのことは誰も知らなかったようだ。
背が高く、不器用で、無口な人。
寡黙なふたりが出会うとなにが起こるのだろうか？
シャルロッテはどう振る舞えばいいのかよくわからない。
オッティリーは彼女に「友達」を残していった。
より正確には「どう応対したらいいのかわからない友達」と彼女は言う。
これはシャルロッテの言葉だ。

ふたりは徐々に慣れてくる。
ナーグラーはもうすぐ四十歳になる。
一九三九年、ナチから逃れるためにアルプス山脈を越えてきた。
長くつらい道のりで、彼に傷跡を残した。
強靭そうに見えるが、実際アレクサンダーはとても脆い。
若いときに事故に遭ったせいでうまく歩けない。
額に大きな傷跡がひとつある。
彼はなにかが奇妙に混じり合っているような人だ。
誰かを守ってくれそうな感じに見える。
だが結局はすぐに誰かに守ってもらうようなタイプの男性。

シャルロッテは彼の背が高すぎると思う。
彼に話しかけるたびに顔を上げるのがいやだ。
そうは言っても、彼にほとんど話しかけることもないのだが。
ふたりは庭ですれ違う。
微笑みを交わすこともあれば、無視することもある。
だが十一月になると、すべてが変わる。
ドイツがフランスの自由地域に侵攻してきたのだ。
そうしてふたりの亡命者は恐怖を共有する。
ふたりの距離は縮まり、互いに触れ合うまでになる。

2

シャルロッテはいまもときどき祖父を訪ねる。
いつもお決まりの光景がくり広げられる。
祖父は孫娘の姿を見たとたんに罵詈雑言を吐き散らす。
結局いつもシャルロッテは打ちのめされてその場をあとにする。
祖父は彼女に唯一残された家族だ。
アレクサンダーは彼女を落ち着かせる。

ときおり、一緒に来てくれる。
言うまでもなく、祖父はこの新たな招かれざる客を快く思わない。
シャルロッテとふたりきりになると、祖父は彼女を問いただす。
あのオーストリア人のことをまさか気に入っているんじゃないだろうな?
あいつと一緒になるなんて論外だぞ!
ちゃんと聞いておるか?!
あいつは浮浪者だ!
わしらはグリュンヴァルト家の人間だということを忘れるんじゃないぞ!
おまえは同じような家柄の男と一緒になるんだ!

シャルロッテは祖父を滑稽に思う。
祖父はもはや存在しない世界の幻想のなかで生きているのだ。
しかし、彼女は祖父に逆らおうとも思わない。
祖父がなんと言おうと、黙って聞く。
彼女はこうやって育てられたのだ——年長者には素直に従うように。
こうしたブルジョワ的な教育というのは、過去の遺物だ。
そして遺物は大事にしなければならない。
なんとかして少しでも長く残しておくために。
この馬鹿げた服従を通して、子供時代のことがシャルロッテの心をかすめる。

彼女は祖父に、はい、と答える。
それに第一、彼女はアレクサンダーのことを愛していない。
彼のことは大好きだ。
彼が、彼の温もりが必要だ。
でもそれは、愛ではない。
シャルロッテが愛する男性はひとりしかいない。
永遠にあの人しかいない。
でも彼は生きているの？

数日後、祖父は鋭い痛みを感じる。
家を出て、薬局へ行こうとする。
なんとかたどり着くが、ちょうど店の前で倒れてしまう。
そしてそのまま路上で死ぬ。
シャルロッテはその知らせを聞いて、ほっとする。
肩の荷が下りる。
幾度となく、彼女は祖父がいなくなってくれればいいのにと願っていた。
その日が早く訪れるように、彼女はなにかしたのだろうか？
のちに、ある手紙のなかで、彼女は祖父に毒を盛ったと告白している。

本当だろうか？
それとも芝居なのだろうか？
嘘っぽいが、本当らしくもある。
シャルロッテが祖父から被っていたことのすべてを考えれば納得できる。
止むことのない攻撃に、絵を描くことへの軽蔑。
それに性的な圧迫も。

私はシャルロッテの信奉者たちとメッセージをやりとりした。
とりわけダナ・プレイズという、オッティリーの又姪と。
ふたりでこの可能性について論じ合った。
私たちはこの過激な行為の可能性を夢想する。
小説のなかの小説だ。

シャルロッテは祖父の墓石を眺める。
そこには祖母も眠っている。
ふたりは永遠に一緒だ。
古代の石ころや塵の愛好者だったふたり。
墓地には何時間も前から誰もいない。
戦時中だと、人びとは死者をあまり訪ねなくなるのだろうか？

シャルロッテもようやく墓地をあとにして、最後にもう一度ふりかえる。
生きている人と別れるときにときどきそうするみたいに。

3

一九四二年十一月十一日以降、フランス全土が占領される。
旧自由地域はいまやドイツとイタリアとのあいだで分割された。
アルプ＝マリティム県はイタリア軍の支配下に置かれる。
イタリア軍は同盟国が行なっている人種政策を実行しない。
数多くのユダヤ人がニースとその近郊に押し寄せる。
ヨーロッパ内で唯一到達可能な避難場所と言っても過言ではない。
ここにいれば、シャルロッテとアレクサンダーも守られているように思える。
だが、いつまで？

ふたりは戦争の進展についてひっきりなしに話し合う。
アメリカ軍は上陸してくるのだろうか？
シャルロッテはもうこんな推測ばかりすることに耐えられない。
一九三三年以来、彼らはよりよい未来を願いつづけている。

だが事態はますます悪化するばかりだ。
シャルロッテも、もちろん国土解放を信じたいとは思う。
だがそれは、アメリカ国旗がここに立てられてからの話だ。

ふたりの会話にはよく沈黙が流れる。
言葉をあちこちに、無秩序に発しているのだ。
それでふたりはキスをするのだろうか？
沈黙を終わらせるために？
どちらも最初の一歩を踏み出せない。
それなら、どうしてそんなことが起こるのだろう？
じわりじわりと。
欲動に突き動かされてではない。
言ってみれば緻密な、秩序立った前進がそうさせるのだ。
ふたりが話し合うときの距離がだんだんと縮まる。
やがてある夜、ふたりの唇が重なり合う。

シャルロッテはいまや二十六歳の若い女性となる。
四月、アレクサンダーと一緒に誕生日を祝う。
骨董品屋で、アレクサンダーは小さな額を見つける。

その額にシャルロッテの絵のひとつを入れる。
シャルロッテはこの質素で美しい行為に感動する。

彼女はもう久しく誰かに触れられるということがない。
自分がひとりの女であることも忘れている。
アルフレートがひざまずいてキスをしてくれたあの瞬間。
男の人に欲しがられ、手に入れられ、打ちのめされたあの瞬間。
あの瞬間はどこへいってしまったの？
なぜだかわからないが、彼女自身の欲望のなかのなにかが不快に感じる。
優しい欲動がこれ以上進むのを我慢できない。
アレクサンダーの愛撫がほとんど暴行のように思える。
シャルロッテはアレクサンダーを押しのける。
どうしたんだ？
返事ができない。
彼は自分のせいだと感じ、いますぐ消えてしまいたいと思う。
彼女も同じ欲望を抱いているだなんて、どうして思ってしまったのだろう？
無意識に、彼女は欲望の様相を呈するものはすべて自分に禁じている。
それはほんの束の間のことで、シャルロッテは身をまかせる。

今というこの瞬間は、あまりにも人を酔わせる。
シャルロッテはアレクサンダーの手をとり、導く。
彼の大きな、不確かだが力強い手を。
彼女はすぐにあえぎ出す。

4

愛を交わすことが彼らの主な暇つぶしとなる。
生い茂った庭がこの官能の彷徨に伴う。
樹木、熱気、そして香り。
身をまかせるのには格好の舞台だ。
それはたしかに世界の誕生と似ている。
この時期、シャルロッテはくらくらしはじめる。
眩暈がする。
ほかの眩暈とは違った眩暈。
もしかして、あれ?
お腹に手をあてる。
そのまま茫然として立ち尽くす。

こんなことが起こるなんて考えもしなかった。
彼女はよく自分の体を城壁に喩えていた。
自分自身を守る唯一の武器。
だがいま、命が宿っているのだということを確信する。
そう、妊娠したんだ。
実際、この言葉も「守る」ということを連想させる。

アレクサンダーは狂ったように喜ぶ。
庭のなかを逆立ちしながら歩く。
世の中も彼みたいに単純だったらいいのに。
彼にはシャルロッテの反応があまり理解できない。
彼女は、幸せなことかもしれないけど絶望が待っているかもしれないと彼に言いたい。
不安と幸せの両方を感じているのだと。
自分の母親のことが頭から離れない。
忘れていたと思っていた気持ちがよみがえる。
素晴らしいと思わないのか？　とアレクサンダーは訊く。
……

もう少しだけ時間が必要なのだ。
幸せを受け止めるための時間が。
幸せな人生を送ってもいいのだと認めるための時間が。
男の人と、子供と一緒に。
素晴らしいと思わないのか？　ともう一度アレクサンダーは訊く。
そうね、素晴らしいわ。

ふたりはどんな名前にするか何時間も話し合う。
シャルロッテは女の子が生まれると確信している。
ニーナ、アナイス、エリカ。
どんな人生を送るのかと思い描く。
未来が現実の空間となる。
だがアレクサンダーには、ひとつの優先事項がある。
結婚したいと言う。
僕には僕の価値観があるんだ、と彼は誇らしげに言う。
自分の子を宿した女性とは結婚しなければ。

5

モリディと彼の妻が、ふたりの結婚の証人となる。

この「証人」という言葉は、ここではあらゆる力をもつ。

これらのことがすべて実際に起きたのだということを保証するためには証人が必要だ。

愛を公のものとする。

彼らが隠れていなければならない世界で、正々堂々と宣言するために。

ふたりは市役所に身分証と住所を提出する。

シャルロッテと結婚するために、アレクサンダーはユダヤ人であることを申告する。

このときまでは偽の身分証を使っていたのに。

なぜ彼らはこんなことをしたのだろうか?

自分たちが存在しないことが耐えがたくなる瞬間がたしかに訪れるから。


長いあいだ、私はこの結婚が彼らを破滅へと導いたのだと思っていた。

いろいろな要素を再構成していく過程で、そう考えるとすべて筋が通るように思われた。

しかし、まったくそれとは違う話を私はのちに知ることになる。


すなわち、この結婚がふたりの運命をすっかり変えたわけではない。

この結婚を社会に対するひとつの反抗と見なすことはできない。
その証拠に、シャルロッテとアレクサンダーは〈エルミタージュ〉にとどまる。
誰もがふたりを見つけられる場所に。
ふたりは安全だと思っていたのだ——イタリア軍に守られていると。
そうとしか考えられない。
結婚し、住所を提出することとさえも安全だと思っていたのだ。

しかしながら、これは一時的な状態でしかない。
ユダヤ人が逃げる手助けをしようとしてくれる人たちもいる。
そのもっとも野心的な主導者がアンジェロ・ドナーティである。
救出作戦を編み出したイタリアの政治家だ。
彼はヴァチカンで、あるいは大使たちと会合を開く。
そしてパレスチナに向けて出航できる船を何隻も借り受ける。
イタリア総領事もドナーティに協力する。
反ユダヤの方策はすべて取り消される。
イタリア軍の憲兵はシナゴーグを守る。
フランスの民兵の襲撃を防ぐために。
ニースでは、ドナーティはマリー＝ブノワ神父の協力も得る。
これらの力すべてが連携し、ひとつの防衛の泡を形成する。

こうしたことが若いカップルの向こう見ずさを助長したに違いない。
しかし、一九四三年九月八日、イタリアが降伏する。
そしてドイツ軍がこの地域も制圧することになる。

6

ユダヤ人は報いを受けなければならないし、報いを受けることになる。
そのために、ナチ親衛隊の幹部のなかでももっとも悪辣な人物が送りこまれる。
おそらくもっとも残虐な人物でもある――名前はアロイス・ブルンナー。
彼の経歴は吐き気を催させる。
茶色くちぢれた髪の小男。
虚弱体質で、体がねじ曲がっているように見える。
左右の肩は高さが違う。
自分がアーリア人の理想的な姿に合致しないという不安がますます憎悪をかきたてる。
誰よりも、自分の血が純粋であることを証明しなければならない。
だがどうしようもない、どこをとっても平凡な男なのだ。
カリスマ性もなければ、声も通らない。

だが、一度見たら忘れられない。
彼の暴力を目撃した人びとの証言によれば、彼は邪悪そのものだった。
粗暴で下品な彼は、つねに手袋をはめていた。
ユダヤ人に直接触れないようにするために。

*

戦後、彼は逃げおおせる。
身分を変え、シリアへ行き、保護を受ける。
アサド家とともにひと儲けする。
そして拷問者としての専門知識を最大限に活かす。
だが、ついに正体が暴かれる。
各国政府から身柄の引き渡しが求められる。
シリア政府は最後までその要求に応じない。
モサドの諜報員は、アイヒマンにしたのと同じことを彼にもしたいと願う。
イスラエルに連行して裁判にかけるのだ。
しかし、ダマスカスまで潜入するのは不可能に思われる。
できることといえば、罠の小包を送ることくらいだ。
それによって、ブルンナーは片目と片手の指を何本か失う。

それでも彼は平穏な暮らしを続ける。

一九八七年、シカゴ・サン＝タイムズの記者がブルンナーのインタビューに成功する。

ユダヤ人の大量虐殺について、彼ははっきりこう言う——

「あの連中はみんな死すべき奴らだった。

なぜなら奴らは悪魔の申し子で、人間の屑だったんだから」。

そしてこうも言う——「もう一度やらなければならないなら、私はまたやる」。

ブルンナーは一九九〇年代の半ばに死んだらしい。

息を引き取るまで守られながら。

*

ギリシアとドランシーにおける成功を経て、ブルンナーはニースに上陸する。

〈エクセルシオール・ホテル〉に司令部を設置する。

駅に近いので、ユダヤ人たちを移送する前にそこへ閉じ込めておけるのだ。

いまはその建物の前に記念プレートがある。

中庭を抜けることができないので、一種の監獄として機能する。

建物がまわりを囲んでいる。

ニースの人びとが住む周囲のアパルトマンのなかには、二階ボックス席があるものもある。

そこから処刑劇を見物したのだ。

ブルンナーは間違いなくこのアイデアに興奮したはずだ。
自分の残虐行為に感嘆する観客がいるということに。

ブルンナーは十四人で編成されたチームを組織する。
ユダヤ人狩りの、いわば奇襲部隊だ。
ただ県庁に向かいさえすればいい、すべては単純な作業だろうと彼は考える。
だがシェニョー知事は役所の名簿を破棄してしまっていた。
知事は、イタリア軍が去るときにすべて持っていってしまったとブルンナーに言う。
確かめようのない、完璧な嘘。
シェニョーはこうして大勢の命を救う。
怒り狂ったブルンナーは、ユダヤ人狩りに着手する。
逃げ出して、山を越えてイタリアへ行こうとする者もいる。
アレクサンダーの体が不自由でなかったら、ふたりも去っていたかもしれない。
しかし、彼はあまり長い時間は歩けない。
それにシャルロッテは妊娠四か月だ。
そこで、ふたりは〈エルミタージュ〉にとどまり、隠れていることにする。
館はあまりに広い――誰もふたりがいることに気がつかないだろう。
ブルンナーはいかなる情報提供にも多額の報奨金を出すと約束する。

その翌日から、彼のいるホテルに手紙が殺到する。

大量の告発状だ。

彼らは仕事に戻る。

早朝、起き抜けに獲物をベッドから狩り出すのだ。

狼狽した年寄りたちが、パジャマ姿で〈エクセルシオール・ホテル〉の中庭に立っている。

捕まった女性たちのなかには、身体的な評価を下される者もいる。

美しいと認められれば、ただちに不妊手術を施される。

そして兵士たちにあてがう娼婦として、東に送られるのだ。

でもこれでもまだ足りない、まだ、まだ。

ブルンナーはもっと欲しがる、もっと、もっと。

彼は独特な残忍さで尋問を行なう。

勾留された者たちに、自分の家族を売り渡せと迫る。

ユダヤ人はひとりも逃さない。

彼はある有名な作家がこの地域のホテルに滞在していることを知る。

もうすぐ八十歳になる、トリスタン・ベルナールだ。

彼のいるホテルのフロントで、人びとは抗議し、憤激の声を上げる。

だがなすすべもなく、作家は妻とともに連行される。

ニースへ向けて、のちにドランシーへ。

サッシャ・ギトリとアルレッティの介入により解放されるまで、彼はそこに収容される。

7

ギリシアでは、ブルンナーは五万人近いユダヤ人を移送することに成功した。
ここでは、あらゆる手を尽くしたものの、その数字とはほど遠い。
現時点でまだ逮捕者が千人を少し超えたくらいだ。
幸いにも、手紙はいまなお続々と舞い込んでいる。
まだ役に立とうとする、善きフランス人がいるのだ。

一九四三年九月二十一日の朝。
手紙ではなく、電話が来る。

若い女性です……
ドイツ系ユダヤ人、とその声は言う。
ヴィルフランシュ＝シュル＝メールに……
……
〈エルミタージュ〉という名前の館にいます。
エルミ……なんだって？

エルミタージュ。
よろしい、わかった。
よかった。
よい一日を、そして改めて感謝する。
どういたしまして、当たり前のことをしたまでです。

何者かからの告発。
まさにそうだ。
理由なき告発。
あるいは、なにか理由があるのかもしれない。
でもどんな？
シャルロッテとアレクサンダーは誰にも迷惑をかけていない。
彼らは隠遁生活を送っている。
誰かその館を取り戻したい人でもいるのだろうか？
いや、そんな馬鹿な。
〈エルミタージュ〉の所有者などいなかった。
ではどんな？
理由などない。
これこそおかしな言い方だが、無償の行為なのだ。

モリディ先生の娘のキカが、ふたりの逮捕を思い出す。

あれから七十年も経っている。

父親から聞いたことを私に話してくれる。

突然、彼女の夫が話をさえぎる。

誰がシャルロッテ・ザロモンを告発したのか知っている人たちもいますよ、と彼は言う。

私は唖然とする。

どういうことかと尋ねると、彼は詳しく説明してくれる。

よく言われていることですよ。

町や村のなかでのことですから。

そういうものです。


予想外の答えだった。

どう考えていいのかわからない。

ひとりの老婆がそう言っているのだと彼は言う。

でも結局のところ、たしかなことはわからないんです。

そのおばあさんはもうぼけてしまっているし。

ひょっとすると、そのおばあさんが勝手に言い出したのかもしれません。

私はこれを信じられない。
誰がそんなことを言い出すだろうか？

ヴィルフランシュ＝シュル＝メールには、知っている人たちがいるのだ。
長い年月を経ても、いまだに囁かれている。
何年ものあいだ、犯人たちはここで生きていたのだ。
どこかべつの場所で生きたのと同じように。
密告に時効はない。
だが実際、埋もれている。
今日でさえ、誰もが知っていることは黙っていなければならない。

それ以来、私はたびたびこのことを考える。
私は調査を続けるべきだったのか？
シャルロッテを告発した者の息子や娘を探し出すべきだったのか？
どんな目的で？
それは本当に重要なことなのか？

8

日が暮れて、一台のトラックがヴィルフランシュ＝シュル＝メールに乗り込んでくる。

そして中心街の真ん中で、薬局の前で停まる。

ふたりのドイツ兵が降りてきて、道を訊ねる。

誰かが親切に説明する。

兵士たちはとても親切に迎えられたことに喜び、お礼を述べてから、ふたたび出発する。

その情報提供者がわざと不正確な住所を教えた、などということはなかったのだろうか？

その間にシャルロッテにドイツ兵に追われていることを急いで教えてやるために。

怖かったのだろうか、それとも協力的だったのだろうか？

シャルロッテは何年もここに住んでいる。

誰もが彼女のことを知っている。

にもかかわらず、道を教えたその人物の頭にはこんなことがよぎったのだろうか？

いずれにせよ、あの子はちょっとおかしいもんな。

あまりしゃべらないし。

なにを考えているのかわからない。

そう、本当に。

ちょっと情報を与えたところで、別に彼女に害はないだろう。

最悪の場合、どこかに連れて行かれるだけだ、と。


ライトを消し、トラックは音もなく停車する。

ふたりの男は庭の両側から侵入する。

シャルロッテがちょうど館から出てくる。

兵士たちと鉢合わせする。

ふたりの男は彼女に飛びかかり、腕をつかむ。

シャルロッテは声をかぎりに叫ぶ。

もがき、逃れようとする。

ドイツ兵のひとりが乱暴に彼女の髪をひっぱる。

そしてお腹を殴りつける。


シャルロッテは妊娠しているのだと言い、慈悲を乞う。

どうかお願いします、見逃してください。

彼らにはまったく届かない。


兵士たちがシャルロッテを押さえ込もうとしていると、今度はアレクサンダーが庭に出てくる。

彼は割って入って、敵の手からシャルロッテを取り戻したいと思う。

だが銃を相手になにができる？

彼らに脅され、彼は何歩か下がり、背中が壁にあたる。
兵士たちはシャルロッテに、いくつか身のまわりの品を持ってくるようにと説明する。
頭を垂れたまま、彼女は返事をしない。
ドイツ兵のひとりが彼女を館のなかへと押しやる。
彼女の足が前へ進まず、芝生の上に転んでしまう。
兵士は乱暴に彼女を立たせる。
アレクサンダーはやり返したいが、まだ銃口を向けられている。
彼はシャルロッテが連行されるのだと悟る。
彼女だけが。
彼らはアレクサンダーには関心を示していない。
告発は彼女に対してのみ行なわれたのだ。
そんなはずはない。
僕たちの子供と一緒に、彼女を行かせるなんてできない。
だめだ。
すると彼は兵士のひとりをにらんで、叫ぶ。
僕のことも捕まえなければならないぞ——僕もユダヤ人だ！
シャルロッテとアレクサンダーは二階に上がる。
着替えを持ってくるように言われる。

シャルロッテは本を一冊持っていきたいと思うが、許されない。

着替えと毛布だけだ、早くしろ。

数分後、ふたりはトラックの後方に座る。

トラックは闇夜のなかを進んでいく。

ブルンナーはきっと喜ぶだろう。

9

ほかの逮捕者たちとともに、ふたりはホテルの中庭に詰めこまれる。

もっとも恐ろしい噂が広まる。

叫び声に混じって、ときおり銃声が聞こえる。

ブルンナーは拷問部屋を自分の部屋の隣に設置した。

彼は真夜中に起きては、ユダヤ人に小便をかけに行くこともある。

彼の部屋の窓からは、捕らわれた者たちを見下ろせる。

彼らの恐怖と絶望をじっくりと観察しながら悦びを噛みしめる。

しかしブルンナーは同時に、彼らをどうにか安心させなければならないことを知っている。

そうしなければ、おとなしく移送することができない。

これからなにが起きるのか、誰も察してはならない。

ヒステリーを起こしたり、絶望ゆえの大胆な行動に出たりしないように。

ブルンナーは、じきじきに彼らに語りかけに行く。
彼が出すなかでもっとも柔らかい声で話す。
だがその声は、平然と人を打ち殺す前にわめくときの声となんら変わらない。
たしかに私はときどき、頑固に抵抗する者たちに対して癇癪を起こすこともある。
だが傷つけたいなどとは微塵も思っていない。
私に協力さえしてくれたら、なにもかもすんなりいく。
彼は、ポーランドで創設されたばかりのユダヤ人自治組織について話す。
あなたがたからもらうお金には、領収書をお渡しする。
そこへ行けば、現金が戻ってくる。
クラクフの大きなユダヤ人共同体が、あなたがたが落ち着く世話をする。
各々自分に合った職を得ることができるだろう。
誰がこの話を本当に信じるだろうか?
おそらく全員だ。
結局のところ、シャルロッテの父親は強制収容所から帰還した。
彼女自身もギュルスから解放された。
希望を捨ててはいけない。

五日目の夜明けに、彼らは出発させられる。
駅まで歩いていくと、列車が待ち受けている。
フランス警察はドイツ軍に協力し、移送の警備をする。
何百人もの人が一台の列車に詰めこまれる。
いったん車両に入ると、列車は動かない。
皆、詰めこまれたにもかかわらず、なぜ放置されているのだろう?
ブルンナーの合図を待っているのだ。
彼はただ悦びを長引かせようとしているだけかもしれない。
皆、息苦しくなり、喉が渇いてくる。
アレクサンダーは妻が妊娠しているのだと言う。
すると人びとは彼女のために小さな隙間をつくってやる。
シャルロッテはそこに座ることができ、膝のあいだに顔をうずめる。
誰にも聞こえない声で、彼女は自分自身に向かって歌う。
幼い頃に聞いていたドイツ語の子守唄。
ようやく列車が動き出し、かすかな風が入ってくる。

10

一九四三年九月二十七日、彼らはドランシーに到着する。
たちまちアレクサンダーとシャルロッテは離ればなれにされる。
ここは通過収容所だ。
死の待合室。

11

十月七日の午前四時半、準備をさせられる。
各被収容者はそれぞれの荷物に氏名を書かされる。
未来の家になおも幻想を抱いて。
パニックを増長させないために、家族は再会できることになる。
シャルロッテはやっとのことで夫と再会するが、彼はすでにとても弱っている。
駅のホームで、シャルロッテは数人の男性を眺める。
彼らは結婚式に行くような服装をしている。

優雅に、姿勢よく立ち、旅行かばんを手にしている。

女性が通り過ぎるときにはきっと脱ぐのであろう帽子をかぶって。

取り乱した様子は微塵もない。

失墜のなかでも、ある種の品位を保とうとしているのだ。

とりわけ打ちひしがれる心を敵に見せまいとしているのだ。

拷問の被害者の顔を見せて、敵に悦びを与えてはならない。


60番の列車だ。

収容人数が四十人の車両に、七十人が詰めこまれる。

当然、それに各々の荷物も加わる。

車両内には、施設にいたところを連行された狂人たちや老人たちがいる。

この列車が強制労働収容所に行くなどと、誰が信じられるだろうか？

そんなところへ精神病患者や瀕死の者たちを連れていくだろうか？

騙されようのない事実だ。

ひとりの若者が言う――俺たちは殺されるんだ、ここから逃げないと。

そこで彼は逃げ道を探し、床板を壊そうとする。

何人かが彼に飛びかかって止めようとする。

ドイツ軍はその点については明言していた。

ひとりでもいなくなったことがわかれば、その車両に乗っている者たちは全員処刑されると。

時はゆっくりと過ぎる。
いやむしろ、時は過ぎていない。
奇妙なことに、一縷の望みがぽつぽつと現れる。
ほんのときたま、ほんの一瞬だけ。
シャルロッテは家族に再会できるだろうと思う。
もしかするとアルフレートも、もうそこにいるかもしれない。
結婚して妊娠しているわたしに会ったら、どんな反応を見せるだろう?
自分でも驚いたことに、一番会いたいと思うのは父親だ。
もう何年ものあいだ、なんの便りもなかった。
アレクサンダーはもはや彼女を安心させてやることができない。
時間を追うごとに、彼は衰えていく。
胃潰瘍にやられている。
もはや透明人間のようだ。
元気でいなければいけない、と言う声もある。
到着したら、まっすぐ立つんだ。
血を頬に塗るんだ。
強制労働収容所では、健康な者しか受け入れられない。
だが三日間こんな状態に置かれて、元気でいられるわけがない。

シャルロッテとアレクサンダーはできるかぎり互いを支え合う。
列車が駅に停車するたびに、彼はシャルロッテのためにどうにか水を探そうとする。
シャルロッテは赤ちゃんが死んでしまうのではと怖くてたまらない。
胎動を感じないことがときどきある。
と思ったら、急に、赤ちゃんは生きていると主張する。
赤ちゃんも、すでにエネルギーを節約しているらしい。
生き延びる者として人生の一歩を踏み出したようだ。

12

ついに列車は目的地に到着する。
真っ暗で凍てつくように寒い夜。
出発したときと変わらず、車両の扉は閉じたままだ。
どうして開けてくれないんだ？
どうして息を吸わせてくれないんだ？
夜が明けるまで待たなければならない。
まだ二時間以上ある。

被収容者がようやくひとりずつ列車から降りてくる。
おびえ、疲れ果て、飢えて。
朝の靄のなか、収容所が見えない。
吠えている犬の姿さえ見えない。
不意に、正門の上に掲げられている看板が目に入る。
「アルバイト・マハト・フライ」
働けば自由になる。

今度は整列させられる。
アレクサンダーとシャルロッテは、またもや離ればなれになるのだとわかる。
一緒にいられる最後の瞬間をともに嚙みしめる。
まもなくふたりは、どのグループに入れられるのかを告げられるだろう。
すぐに殺されるのを免れる者もいる。
というのも、この列車はユダヤ教の贖罪の大祭日の翌日に到着したからだ。
つまり、ナチが通常より少し多い数のユダヤ人をガス室で処刑した直後だった。
まるで記念日を祝すかのように。
したがって、バラックには空きがたくさんあった。

列はゆっくりと前進する。
なんて言えばいいのだろう？
どんな返事をするのがいいのだろう？
シャルロッテは、これはなにかの間違いだと言いたい。
わたしはユダヤ人ではありません。
わたしがユダヤ人ではないということは見てとれる。
それに、妊娠五か月なのだ。
診療所で休ませてもらわないと。
こんなふうにされたままでいいはずがない。

シャルロッテの順番がやってくる。

結局、彼女はなにも言わない。
ひとりの男が彼女のことを見もせずに話す。
氏名を訊ねる。
生年月日も。
それから、職業はなにかと訊ねる。
彼女は答える――素描家です。

男はやっと目を上げ、軽蔑のこもった眼差しで見つめる。

素描家ってなんだ？

わたしは画家です、と彼女は言う。

シャルロッテをじっと見て、男はやっと彼女が妊娠していることに気がつく。
赤ん坊が生まれるのか、と訊ねる。
シャルロッテはうなずく。
男は愛想が良くも悪くもない。
彼はただ、得た情報のメモを取るだけだ。
そしてカードに乱暴にスタンプを押す。
それからシャルロッテが加わるグループを指示する。
ほぼ女性だけの、大人数のグループだ。
シャルロッテは旅行かばんを手に、ゆっくりと前に進む。
ちらちらとアレクサンダーのほうを見ながら。

今度は彼の番だ。
彼のほうが早くすむ。

女性のグループと反対側のグループに入るようにと言われる。
アレクサンダーは歩きながらシャルロッテの視線を探す。
彼女と目が合うと、手で小さな合図を送る。
さらに数メートル進むと、彼は靄に呑みこまれてしまう。
シャルロッテは彼を見失う。

それから三か月もしないうちに、彼は衰弱死してしまう。

13

建物の壁には、これから全員シャワーを浴びるという掲示がある。
シャワー室に入る前に、皆、服を脱ぎなさい。
服はフックにかけなさい。
女看守はしゃべり疲れる。
自分のフックの番号をよく覚えておくように。
女性たちはこの最後の番号を記憶する。
そしてだだっ広い部屋のなかに入る。
手をつなぐ者たちもいる。

そして監獄のように、扉が二重に閉められる。

冷たい明かりのもとに裸で晒されて、体は痩せこけて見える。
大きなお腹のシャルロッテが目立つ。
他の人びとのなかで、身動きせずにいる。
この瞬間から抜け出しているようだ。

ここにいるために。

エピローグ

1

一九四三年五月、パウラとアルベルトはオランダで捕まる。
医者と看護助手として、ふたりはヴェステルボルク通過強制収容所で生き延びる。
アルベルトはユダヤ人女性の不妊手術を依頼される。
とりわけ異宗結婚の家族出身の女性たちの。
アルベルトは断固として拒絶するが、のちに考えを変える。
彼は助手のパウラとともにアムステルダムに帰る必要があると言う。
仕事の道具を持ってくるために。
その機会を利用して、ふたりは逃げる。
そして戦争が終わるまで身を隠す。
平和が訪れてから、ふたりはシャルロッテの近況をどうにか知ろうとする。
なんの情報も得られずに何か月も過ぎたあと、ふたりは彼女が亡くなったことを知る。

茫然自失とし、パウラとアルベルトは自分たちを責める。
あの子をフランスへ行かせるべきではなかった。

一九四七年、ふたりは彼女の足跡をたどることにする。
シャルロッテが最後の数年を過ごした場所を見るために。
そして〈エルミタージュ〉に戻ってきたばかりのオッティリー・ムーアと出会う。
オッティリーはシャルロッテとの思い出を語る。
どんな出来事があったのかを。
祖母の自殺。
祖父から受ける恐怖。
そしてアレクサンダーとの結婚。
料理人のヴィットリアも、シャルロッテのことを話す。
彼女がシャルロッテの結婚式の料理を用意したのだ。
そのときのメニューを詳しく説明する。
そしてあのときの美しいパーティーの雰囲気についても。
シャルロッテは幸せでしたか？　と父親は訊ねる。
ええ、そう思います、とヴィットリアは答える。
このとき、誰もシャルロッテが妊娠していたとは言えない。
ふたりがそのことを知るのはもっとあとになる。

べつの重要な証人がそこにやってくる。
モリディ先生だ。
パウラとアルベルトに会うという考えにいたく感動しているようだ。
彼はシャルロッテと過ごした素晴らしい時間について話す。
シャルロッテの精神状態に関する不安については触れないでおく。
診察の際、彼女が正気ではないのではと疑ったことについては。
私は心から彼女に感服していました、と言う。
感情を抑えきれず、涙声で。

その数か月前、モリディはオッティリーに例の旅行かばんを手渡していた。
いま、彼女はそれを取りに行く。
モリディはシャルロッテの言葉をくりかえす――これはわたしの全人生よ。
ひとつの作品という形をとった人生。
アルベルトとパウラは《人生？　それとも舞台？》を発見する。
とてつもない衝撃を受ける。
可愛い娘の声が聞こえてくる。
あの子はここにいる、私たちと一緒に。

何年も前にいなくなってしまった、私たちのロッテ。

彼女のおかげで、思い出がふたたび甦る。

これは彼らの人生すべてでもある。

何時間も、ふたりは絵をじっくりと眺める。

ふたりとも登場人物になっている。

彼らが生きているという確たる証拠だ。

2

ふたりは新しい生活の拠点であるアムステルダムに戻る。

長いことためらったすえ、オッティリーはふたりにシャルロッテの作品を譲る。

毎晩のように、ふたりは作品を分析する。

笑いを誘う箇所もあるが、その他は不快に感じる。

これはシャルロッテの真実だ。

芸術的な真実。

ふたりは、シャルロッテがなにを考えていたのか自分たちが気づいていなかったことを悟る。

とりわけアルフレートに対する果てしない愛は、寝耳に水だ。

のちに、パウラはこの愛は幻想でしかなかったはずだと言うだろう。

パウラいわく、シャルロッテとアルフレートは三回以上会ったことがあるはずがない。どうやら彼女は、ふたりが隠れて会っていたとは信じられないようだ。

シャルロッテの企画はまったくもって美しい。
人生はどこにある？
舞台はどこにある？
誰が真実を知ることができるのだろう？

こうして数年が過ぎる。

オランダで、パウラは文化界の古い友人たちと再会する。
また歌うようになり、人生を取り戻す。
ときどき、パウラたちは訪問客にシャルロッテの絵を見せる。
見た人びとの反応はきまって驚嘆と感動だ。
美術愛好家のひとりが、展覧会を開くべきだと言う。
なぜそれを思いつかなかったのだろう？
素晴らしい敬意の表し方になるだろう。
開催するまでには時間がかかり、カタログの準備もしなければならない。

シャルロッテの作品は一九六一年にようやく公開されることになる。
展覧会はたいへんな成功を収める。
彼女の作品はその情緒面以上に、独創性によって人びとを魅了した。
型にはまらない、まったくのオリジナリティー。
それと視線を惹きつける暖かい色遣い。
シャルロッテの評判はたちまち国境を越えて広まりはじめる。
その後の数年間で、いくつかの展覧会が催される。
ヨーロッパで、そしてアメリカでも。
《人生？　それとも舞台？》は本として出版される。
その本は何か国語にも翻訳される。
パウラとアルベルトはテレビのインタビューを受ける。
ふたりはカメラの前でぎこちないが、シャルロッテについて実に感動的に語る。
シャルロッテのことを語る。
ふたりの言葉によって、彼女は生きている。
リポーターの一行が南仏へ向かう。
マルト・ペシェなど、シャルロッテを知る人たちが語る。
シャルロッテについて訊かれることに、誰もそれほど驚いていないようだ。
彼女が亡くなってから二十年以上も経っているのに。

まるで彼女がいずれ有名になることを、皆すでに知っていたかのように。


しかし、作品の名声はその価値とは裏腹に、そう長続きしない。

徐々に、回顧展は開かれなくなっていく。

ついにはめったに開かれなくなり、ほぼなくなり、不当にも稀になる。


アルベルトとパウラは年老いて、シャルロッテの遺産の管理ができなくなる。

一九七一年、ふたりはアムステルダムのユダヤ歴史博物館にすべて遺贈することにする。

コレクションはいまもそこにあるが、常設の展示はされていない。

大半は地下で眠っている。

一九七六年、アルベルトが亡くなる。

それからずっとあとで、二〇〇〇年にパウラも逝く。

ふたりはアムステルダム近郊の墓地でともに眠っている。

3

そしてアルフレートは？

彼は教え子のひとりに助けられ、ドイツから逃げ出すことに成功する。

そうして一九四〇年、ロンドンにたどり着き、その地で一生を終える。


戦後、彼はレッスンを再開する。

またたく間に彼のメソッドは日の目を見る。

人びとに重んじられ、耳を傾けられ、彼は存在する。

また、執筆も始めて小説を一冊出版する。

ようやく恐怖から解放されて、一九五〇年代を過ごす。

もはや生者のなかで自分だけが死者のように感じることはない。

過去はいまや遠いものに感じられ、ひょっとするともはや存在すらしないのかもしれない。

そして、彼はもうドイツの話を聞きたがらない。


パウラは共通の友人を介して、アルフレートの居場所を知る。

彼女はアルフレートに心のこもった長い手紙を送る。

もう何年も経っているので、さぞかし驚くことだろう。

彼からの返事には、どうかまた歌ってほしいと書かれている。

そしてくりかえし、パウラが偉大であると綴られている。

だが、シャルロッテのことについては触れていない。

なぜなら最悪の事態を想定しているから。

数か月後、アルフレートは新たな手紙を受け取る。
いや、実際は手紙ではない。
シャルロッテの展覧会のカタログだ。
略歴が載っているパンフレットも同封されている。
そして知らずともわかっていたことを確認する。
シャルロッテは一九四三年に亡くなっていた。
アルフレートは本のページをめくりはじめる。
そしてこの自伝的作品がどんなものかをすぐに見てとる。
シャルロッテの子供時代の絵、母親と天使たちの絵を見る。
それから、パウラが登場する。
そして……

突然、自分の姿を見つける。
一枚の絵。
二枚の絵。
百枚の絵。
本全体を通してみると、自分の顔がいたるところにある。
自分の顔と自分の言葉が。

自分の理論もすべて。
ふたりの会話もすべて。
自分がこれほどまでに影響を及ぼしていたとは夢にも思わなかった。
どうやらシャルロッテは自分に、そしてふたりの物語に取り憑かれていたようだ。
アルフレートは全身が燃えるように感じる。
なにかに首筋をつかまれているみたいに。

彼はソファに寝転がる。
そのままそこで、何日間も打ちひしがれる。

その一年後の一九六二年、アルフレートは亡くなる。
服を着たまま、ベッドの上で横たわっているところを発見される。

旅に出ようとする人のような格好をしている。
彼だけが知っている出立の時間が来たかのようだ。
こうしていると、なんだか思慮分別のある人のように見える。
アルフレートにしては稀なことに、ある種の平静な様子でさえある。
彼を発見した女性は、彼のスーツに手をあてる。
ポケットのなかに書類のようなものがあるのに気づく。

心臓に近い、内側のポケットに。
彼女はそっと手を入れてその紙を取り出す。
そしてある展覧会のパンフレットを発見する。
その画家の名前は……
シャルロッテ・ザロモン。

訳者あとがき

本書は二〇一四年に刊行されたダヴィド・フェンキノスの小説 *Charlotte* の全訳である。

フェンキノスの作品は、彼特有のユーモラスな語り口による、軽やかでオシャレなフランスの恋愛小説という印象の作品が多いが、『シャルロッテ』はそれとはまったく異なる作風の小説である。扱っている題材ももちろんだが、なによりこの小説の最大の特徴である文体が、本作品を他の作品と類を異にしている。詩と映画のシナリオを織り交ぜたような一行一文という形式によって、必要最低限に切り詰められたひとつひとつの言葉が際立ち、読者の胸に刺さる。そこには雰囲気を軽くするユーモアなどはない。わざと効果を狙ってこのような文体にしたのではなく、一文、一行書くたびに息をつく必要があったから、これ以外の書き方ができなかったと著者は作中でも述べている。

『シャルロッテ』は批評家に高い評価を受け、フランスで最も権威ある文学賞のひとつであるルノドー賞を受賞し、近年注目を集めている「高校生が選ぶゴンクール賞」にも選ばれた。著者自身は高校生のときに重病を患い、長い入院生活を余儀なくされたのをきっかけに文学と出会ったそうだ。それまでほとんど本を読んだことがなかったが、そのときの読書体験で人生が一変したと語っている。

ナチに若い命を奪われたユダヤ系ドイツ人画家シャルロッテ・ザロモンの生涯に着想を得た本作品には、著者自身のシャルロッテとの出会い、シャルロッテの足跡をたどる様子、この小説を書くにあたっての苦悩なども描かれている。フェンキノスはシャルロッテの作品を初めて目にしたとき大きな衝撃を受けるが、彼女の作品のみならず彼女の悲劇的な人生にも魅了される。ぜひともシャルロッテのことを書きたいと思うが、ノンフィクションにすべきか小説にすべきか、自分を登場させるべきか否か頭を悩ませ、書き始めては破り捨てをくりかえし、なかなか書き進められなかった。また、シャルロッテに関する資料自体が乏しかった。そこで、シャルロッテが住んでいた家や学校など、彼女に縁のある地をすべて訪れ、シャルロッテを追い求めつづけた。そうして本作品を書き上げるまでに、フェンキノスは実に八年もの歳月を要した。その間に書かれた他の小説のなかにシャルロッテはたびたび登場しており、それらの小説はすべて本書に繋がっているとインタビューで話している。

八年間シャルロッテは絶えず頭のなかにいたというほどの、著者のシャルロッテへの愛はこの小説のなかにもよく表れている。しかし、著者の思いとは裏腹に、世間ではシャルロッテの名前はほとんど忘れ去られてしまっている。フェンキノスはインタビューのなかで、自分の小説を読んだ人は必ずシャルロッテの作品も見てみたいと思うだろうと語っている。そうしてより多くの人にシャルロッテという人間、そして彼女の作品を再発見してもらいたいと述べている。ちなみに、この小説のタイトルを『シャルロッテ・ザロモン』ではなく『シャルロッテ』にしたのは、彼のシャルロッテへの愛を示すために、あえて親しみを込めた形にしたそうだ。

本書の冒頭に書かれているとおり、この小説はシャルロッテの作品《人生？　それとも舞台？》をもとに書かれている。作中にも述べられているように、《人生？　それとも舞台？》は単なる絵画の連作ではない。七六九点の水彩画に語りや台詞、さらには音楽の指示が付されている。実物を見なければなかなか想像しにくいかもしれないが、テクストが書かれた紙と水彩画を重ね合わせることで、絵と文字がちょうど重なるようになっているものも三四〇点ほどある。《人生？　それとも舞台？》はシャルロッテが自らオペレッタと呼んでいるように、総合芸術である。

　シャルロッテがこの大作を制作した理由については、この小説を読めばわかるとおりだ。ナチに追われ、愛する人びとと離ればなれになり、母親が実は自殺していたことを明かされてそれまでの人生が嘘の上に成り立っていたことを知り、ひとつの疑問に直面する。自殺すべきか、あるいはなにか途方もないことをすべきか？　照りつける太陽、紺碧の海、咲き誇る花々に目を向けるとアルフレートとの愛の思い出がよみがえり、彼の言葉を思い出す。そうして彼女は後者を選択する。「愛、汝の隣人を知るにはまず汝自身を知れ」というアルフレートの言葉をもとに、シャルロッテは制作に取りかかる。この「舞台」には、シャルロッテの家族や関係者が名前を変えて登場し（ナチ政権下、実名を出すことは危険だったためと考えられている）、シャルロッテ自身も三人称で語られている。彼女は自分を客観視するとともに、「完全に自己の外に出て、登場人物が独自の声で歌ったり話したりできるよう努めた」。

　自己の外に出て自分を客観視するためには、自己の奥深くを探求しなければならないと考え、シャルロッテは自分の子供時代に遡る。《人生？　それとも舞台？》の始まりは小説と同様、叔母のシャルロッテの死から始まる。全部で三部から成り、プロローグが小説における第三部まで、メイン・セクションがアルフレートの登場する第四部と第五部、そしてエピローグが第六部のフランスに渡ってからの様子と、祖父とともにギュルス収容所から帰ってくるまでが描かれている。プロローグの内容は小説とほぼ変わらない。子供時代の幸せな様子が描かれており、描写が細かく明るい色遣いの絵が多い。メイン・セクションはシャルロッテよりも主にアルフレートのことが描かれている。一枚の絵にアルフレートの顔が十以上、多いものには六十以上描かれているものが何枚もあり、それらの絵にはアルフレートが実際に話していたと思われる、哲学的・宗教的な長台詞が付されている。

　ちなみに、アルフレートの絵だけでなく他の絵においても、シャルロッテは一枚の絵のなかにいくつも同じ人物を描き、移動している様子を表現したり、あるいは同時にいくつもの場面を描いたりしている。

漫画風な描き方と言ってもいいのかもしれないが、とにかく型破りな描き方である。小説を読んでいると、シャルロッテは寡黙でいろいろな思いを内に秘めている印象を受けるが、彼女の絵はそれとは裏腹に非常に雄弁である。語りや台詞が添えられているという理由からではなく、絵そのものが語りかけてくるようなのだ。アルフレートの文章のように、向こうから語りかけてくる。絵画が彼女にとっての自己表現の手段だったことがよくわかる。

最後のエピローグの絵は、作中でも述べられているように、筆が走っているかのように雑で大胆なタッチの絵ばかりである。急いで仕上げようとしている様子がうかがえる。エピローグで印象的な台詞が二つある。ひとつは、シャルロッテが自殺しようとする祖母に対して言う台詞である。彼女は祖母に、輝く太陽、咲き誇る花々の美しさ、人生の歓びを謳う。そして自殺しようとする力があるのなら、その力を自分の人生を表現するために使ってはどうかと提案する。まさに、シャルロッテ自身がしたことである。フェンキノスがインタビューで語っていたように、シャルロッテの作品には希望がある。死との二者択一のなかで生まれた彼女の作品は、生への希望そのものだ。それこそが、人びとが彼女の作品に惹きつけられる最大の魅力なのではないだろうか。

二つめは、シャルロッテが祖父とともにギュルス収容所に送られる場面で、シャルロッテは「あと十日間このままでいるほうが、彼（祖父）と二人きりでいるよりまだいい」と言う台詞である。《人生？ それとも舞台？》の創作を終えた半年後、シャルロッテはアルフレートの役名であるアマデウス・ダベルローン宛に長い手紙を書いており、そのなかで祖父を毒殺したことを告白している。これは作中でも述べられているシャルロッテの毒殺疑惑の発端となった手紙なのだが、この手紙は多くの謎を残している。手紙が《人生？ それとも舞台？》と一緒に保管されていたのかどうか、なぜ一人称と二人称で書かれているのにアルフレートではなくアマデウス宛になっているのか、なぜ手紙が届くことはないとわかっているのに書いたのか、なぜもともと三十五ページあったのに十六ページしかパウラたちによって寄贈されなかったのか、等々。手紙のなかで、シャルロッテは祖父に睡眠薬入りのオムレツを作り、祖父は今頃死んでいるだろうと述べている。また、彼女が拒絶しなければならないのはハイル・ヒトラーではなく祖父だとも述べている。実際に毒入りオムレツを作って殺したのかどうか、真実は闇の中だが、祖父が彼女にとって誰よりも精神的な圧迫になっていたことは、彼女の作品からも読み取れる。著者が述べているように、真実かどうかは重要ではない。《人生? それとも舞台?》も『シャルロッテ』も、ノンフィクションではなく創作だ。どこまでが事実に基づいているのかはわからない。だが重要なのは、われわれ読者がこれらの作品から何かを読み取り、感じ取るということである。フェンキノスは、何がテーマかなどということよりも、ある物語を語ることによって、読者をひとつの世界へと導くことが作家にとっては大事だとインタビューで語っている。フェンキノスのおかげで私はシャルロッテの世界を発見した。悲劇的と呼べる人生を送ったにもかかわらず、深く人を愛し、芸術を愛し、人生を愛したシャルロッテの生に対する情熱に、私は強く胸を打たれた。

なお、本作品の冒頭にあるカフカの日記は、一九八一年に新潮社より出版された『カフカ全集7』谷口茂訳を、また作中に出てくるカフカ『審判』の引用は、二〇〇一年に白水社より出版された『カフカ小説全集2 審判』池内紀訳を使用させていただいた。

本作品は私の初めての訳書となったのだが、長年翻訳の指導をしていただき、翻訳者になるという夢を叶えてくださった小野正嗣先生に深くお礼を申し上げたいと思います。また、一からフランス語と文学について教えてくださった大学の先生方、ならびに本作品の翻訳の相談に乗ってくださった中原毅志さん、塩谷結衣さんと岡田あゆみさんにも感謝申し上げます。そして、なんの実績もない私の企画書を読んでいただき、翻訳や出版に関することを手取り足取り教えてくださり、これ以上望めないほど丁寧に訳文を見てくださった白水社編集部の金子ちひろさんに心よりお礼を申し上げます。最後に、翻訳をするという夢をずっと応援し続けてくれた方々全員に、とりわけ両親と夫に、この場を借りて感謝の意を述べたいと思います。

二〇二〇年四月

岩坂悦子

訳者略歴
二〇一一年　上智大学文学部フランス文学科卒
二〇一三年　上智大学大学院文学研究科フランス文学専攻博士前期課程修了
二〇一七年　同大学院博士後期課程中退
その後、翻訳に専念

〈エクス・リブリス〉
シャルロッテ

二〇二〇年五月一〇日　印刷
二〇二〇年五月三〇日　発行

著　者　ダヴィド・フェンキノス
訳　者　© 岩《いわ》坂《さか》悦《えつ》子《こ》
発行者　及　川　直　志
印刷所　株式会社　三　陽　社
発行所　株式会社　白　水　社

東京都千代田区神田小川町三の二四
電話　営業部〇三（三二九一）七八一一
　　　編集部〇三（三二九一）七八二一
振替　〇〇一九〇・五・三三二二八
郵便番号　一〇一・〇〇五二
www.hakusuisha.co.jp
乱丁・落丁本は、送料小社負担にてお取り替えいたします。

誠製本株式会社

ISBN978-4-560-09062-6
Printed in Japan

エクス・リブリス
EXLIBRIS

ムシェ　小さな英雄の物語
◆キルメン・ウリベ　金子奈美 訳

第二次大戦下、反ナチ抵抗運動の作家ムシェとバスクの疎開少女の悲運。愛する人の喪失とその克服、戦争の記憶の回復を試みる感動作！

ポーランドのボクサー
◆エドゥアルド・ハルフォン　松本健二 訳

少数派的状況を生きる自身のルーツを独特のオートフィクション的手法で探究。ユダヤ系グアテマラの鬼才による日本オリジナル短篇集。

ぼくの兄の場合
◆ウーヴェ・ティム　松永美穂 訳

十六歳年下の弟である著者が、戦争で命を落とした兄の残した日記や手紙を通じて、「家族」とは、「戦争」とは何かを自問する意欲作。